마음이
청춘이면
몸도
청춘이다

# 마음이 청춘이면 몸도 청춘이다

**초판 1쇄 인쇄** 2014년 01월 27일
**초판 1쇄 발행** 2014년 02월 03일

**지은이**   최 성 룡
**펴낸이**   손 형 국
**펴낸곳**   (주)북랩
**출판등록**   2004. 12. 1(제2012-000051호)
**주소**   서울시 금천구 가산디지털 1로 168,
　　　우림라이온스밸리 B동 B113, 114호
**홈페이지**   www.book.co.kr
**전화번호**   (02)2026-5777
**팩스**   (02)2026-5747

ISBN　　979-11-5585-101-2  03810 (종이책)
　　　　979-11-5585-102-9  05810 (전자책)

이 도서의 국립중앙도서관 출판시도서목록(CIP)은 서지정보유통지원시스템 홈페이지(http://seoji.nl.go.kr)와
국가자료공동목록시스템(http://www.nl.go.kr/kolisnet)에서 이용하실 수 있습니다.
( CIP제어번호 : 2014002068 )

인생의 황혼기!
황혼은 아름답다.
구름 사이로 서서히 사라져가
석양은 마음이 저려오도록 아름답다.
어찌 일출에 비하랴.
겨울로 서서히 들어서는 준비를 하는
단풍은 나무들의 잔치다.
더 이상 아름다울 수 없고
더 이상 화려할 수 없다.
이것이 노년이다.

# 마음이 청춘이면 몸도 청춘이다

/ 최 성 룡 저

book Lab

차
례

인생의 일몰은 일출 못지않게 아름답다 ∣ 007

함께 늙어가는 삶은 아름답다 ∣ 010

이제 자식은 남이다 ∣ 016

내 인생의 동반자, 아내 그리고 친구 ∣ 021

황혼의 들녘에도 로맨스는 있는가 ∣ 026


죽을 때 후회하는 것은 무엇일까 ∣ 030

늙었다고 다 같이 늙은 것은 아니다 ∣ 034

돈만 있다고 중산층인가 ∣ 038

이제 아들 낳으면 한숨부터 나온다 ∣ 043

언젠가 올 그날을 생각해 두자 ∣ 046


고령층은 언제나 일을 할 준비가 되어 있다 ∣ 050

무의미한 생명 연장 치료는 하지 말아야 ∣ 056

나이가 들수록 〈빠삐따〉를 지키자 ∣ 059

얼굴은 마음에서 묻어 나온다 ∣ 062

나이가 들수록 옷차림에 신경을 써야 ∣ 063

067 | 죽기 전에 하고 싶은 일들의 목록을 만들어 보자

070 | 내 장례는 이렇게 치러다오

073 | 노년에는 말을 많이 하지 말아야

076 | 노년이여! 남은 인생을 맘껏 즐겨라

079 | 어느 파격적인 결혼식


084 | 노후를 가치 있고 아름답게 보내자

089 | 노년도 마음만 먹으면 뭐든지 할 수 있다

094 | 준비된 죽음은 아름답다

098 | 혼자 여행을 떠나 보자

103 | 약간 모자람이 낫다


106 | 장수시대에는 리스크가 너무 많다

110 | 노동도 즐기면 운동이다

115 | 웃음은 삶의 묘약

119 | 마음이 청춘이면 몸도 청춘이다

123 | 캠핑은 젊은이들만 하나?


128 | 70대가 인생에서 제일 좋을 때다

131 | 떠나는 뒷모습이 아름다워야

138 | 긍정적인 생각은 삶을 행복하게 한다

141 | 황혼이혼에 대하여

147 | 느림의 섬, 청산도를 찾아

올레길을 걸으며 산티아고 순례길을 꿈꾼다 | 153

노후를 어디서 어떻게 보낼 것인가 | 158

대한민국의 3대 구라 | 162

행복에 이르는 비결 | 166

한국 최고의 부촌과 공존하는 달동네 이야기 | 170


당대 최고의 지성인들이 전라로 소 탔던 문묘와 성균관 | 175

류현진 보는 맛에 산다 | 179

황희 정승은 과연 조선시대 최고의 청백리였을까? | 184

서울의 서촌(西村)을 걷다 | 191


덕수궁 돌담길을 따라 | 199

궁궐보다 더 권세를 떨치던 운현궁 | 204

역사가 흐르는 청계천 이야기 | 207

# 인생의 일몰은
# 일출 못지않게 아름답다

오래된 바이올린일수록 소리가 아름답다. 인생에서 최고의 황금기는 어린 시절과 인생의 후반기가 아닐까 하는 생각이 가끔 든다. 노년들이 손자·손녀들과 서로 잘 지내는 데는 이유가 있다. 용돈을 주어서가 아니다. 두 세대는 공통점이 참 많다. 둘 다 삶을 즐기고 즐길 수 있는 시간이 충분하기 때문에 놀고 쉬며 세상에 대해 왕성한 호기심을 보인다.

나이를 먹으면 여러모로 인생을 즐길 수 있다. 생계를 위해 돈을 벌지 않아도 되고, 더 많은 추억과 경험과 자유 시간, 여유로운 삶 그리고 특히 손자·손녀들을 갖게 된다는 점이다.

조선시대 여유가 있는 양반들은 적당한 시기가 되면 벼슬을 고사하고 마음에 맞는 친구들과 문·사·철(文·史·哲) 즉 문학과 역사와 철학을 논하고, 서로 지은 시·서·화(詩·書·畵)를 품평하고, 악·가·무(樂·歌·舞)를 즐기며 인생을 유유자적하였다. 여기에 사(射, 활을 쏘는 것이니 요즘 말하면 골프?)와 어(御, 말을 다루는 것이니 요즘은 車?)도 즐겼다. 물론 여기에 술과 그 무엇도 빠질 수가 없었을 것이다.

은퇴하고 나면 30년, 골든 에이지(Golden Age)를 열정과 취미 생활을 즐기면 늙지 않는다. 열정을 가지면 마음이 늙지 않고 마음이 늙지 않으면 육체도 건강해진다. 거실남(居室男), 파자마맨, 삼식(三食)이, 젖은 가랑 잎, 정년미아(停年迷兒)가 되면 순식간에 늙어버리고 만다. 동창회에 가보면 금방 얼굴에 쓰여 있다.

분명히 은퇴 후 '제2의 인생'은 있다. 흔히 '앙코르 인생'이라고도 하고 은퇴 후 생을 마감할 때까지는 8만 시간이 있다고 한다. 얼마나 긴 세월인가? 태어나서 취직할 때까지 30년, 취직해서 30년 정도 일하고, 은퇴해서 보통 30년을 보내다가 저세상으로 가는 게 인생이다.

보통 나이가 들면 세월은 화살과 같이 지나간다고 하는데 생각하는 만큼 시간은 그렇게 전광석화처럼 빠르게 흘러가지는 않는다. 노년의 시간은 의외로 유장(悠長)한 물결을 타고 천천히 흘러간다.

노년이 되면 시간은 자식이나 고용주의 것이 아닌 온전히 나 자신의 것이 된다. 의무적인 일에서 해방되어 느긋하게 시간을 보낼 수 있다. 너무 바빠서 장미나 재스민 또는 라벤더 향기를 맡지 못하고, 여행도 못 하고, 좋아하는 운동도 마음껏 즐기지 못하고, 보고 싶은 영화도 보지 못하던 시절은 지나갔다. 아침에 일어나서 피곤하면 언제든 다시 침대로 돌아갈 수 있다.

젊어서 돈 벌고 자식들 키우느라 정신이 없어서 미처 아름다운 자연을 즐길 여유가 없었지만 노년이 되면, 잠시 걸음을 멈추고 하늘을 올려다보고 솜사탕 같은 뭉게구름을 감상할 수도 있고, 개울가에 졸졸 흐르는 물소리, 울창한 숲 속의 새 지저귀는 소리를 듣고, 얼굴에 와 닿는 바람을 느끼며 촉촉하게 이슬 머금은 흙냄새를 맡을 수 있는 여유를 가질 수 있다.

나이가 든다고 해서 누구나 반드시 활력이 떨어지는 것은 아니다. 다

자기 하기 나름이다. 활동적이고 충만한 삶을 살면 실제보다 젊게 보인다. 나이 80에 미국 헌법을 기초한 벤저민 프랭클린은 "진심으로 삶을 사랑하는 사람들은 절대 나이를 먹지 않는다. 비록 나이 때문에 죽을지는 모르나 그들은 젊어서 죽는 것이다"라는 오묘한 말을 남겼다.

100세 장수시대를 맞이하여 이것이 축복인지 저주인지 설왕설래가 많지만 나이를 먹는다는 것은 생각하기에 따라서 축복일 수도 있다. 음악 감상, 노래 부르기, 악기 배우기, 스포츠 댄스, 그림 그리기, 글쓰기 등 젊은 시절 해 보고 싶었던 여러 가지 예술을 익힐 수도 있고, 오래된 친구와 함께 바둑을 두거나 한잔하면서 마음껏 시간을 보낼 수 있다.

그리고 집 사람과 경제가 허락하는 한 여행을 언제든지 즐길 수 있고 무엇보다 하고 싶은 일을 누구의 간섭도 받지 아니하고 할 수 있다는 것이다. 그러다가 재미가 없거나, 하고 싶지 않으면 언제든지 그 일을 때려치울 수 있는 특권이 있으니 나이 먹는 것을 서러워 할 필요는 없다. 다 생각하기 나름이다.

# 함께 늙어가는 삶은
# 아름답다

얼마 전 신문을 보니까 1면 톱으로 호스피스에 관한 기사가 났다. 호스피스(Hospice)란 회복 가능성이 없는 말기 환자에게 통증과 증상을 조절해 주어 환자가 심리적 안정을 찾아 존엄한 죽음을 맞이하도록 도와주는 의료 행위를 말한다. 호스피스는 '나그네의 쉼터'라는 뜻으로, 유럽에서 수녀들이 말기 환자들을 돌본 것에서 유래되었다.

현재 한 해 암 사망자가 7만 5천 명인데 호스피스 시설은 55곳으로 병상이 900개도 안 된다. 이 분야 선진국인 영국의 수준이 되려면 2,500개는 되어야 한다. 미국은 호스피스 시설이 잘되어 있어 암 환자뿐만 아니라 치매나 중풍환자도 호스피스 혜택을 본다.

서울성모병원이 1988년 국내 최초로 호스피스 병동을 열었는데, 간병인 쓰는 비용을 빼고도 환자 본인 부담비가 입원비만 매월 240만 원~1,000만 원이 든다고 한다. 그래도 병원 측은 일반 병동보다 인력과 재원이 더 들어가서 적자가 나기 때문에 호스피스 병동 확충을 꺼린다. 이래서 이의 보완책으로 간호사가 암 말기 환자의 집을 방문하는 '가정 호스피스'도 있다. 말기 환자 중에는 "하루라도 더 살고 싶다"는 사람도 있고, "편안히 가고 싶다"는 환자도 있다. 하지만 우리나라는 영국이나 독일과 같이 안락사가 허용되지 않는다. 그러나 네델란드는 안락사가 허용된다.

그러면 환자가 되기 전에 노후를 어디서 어떻게 보내는 것이 바람직한가를 독일, 미국, 영국의 예를 보기로 한다. 나이가 들면 누가 밥을 해 줄 것이며, 응급 시에 누가 병원에 데려가 줄 것인가에 대하여 고민을 하게 되고 그래서 실버타운 또는 시니어 하우스에 들어간다.

독일이나 미국에서는 아직 일반적인 것은 아니지만 친숙한 이웃과 어울려 사는 '주거 공동체' 형태가 보급되어 있다. 즉 각자의 집에서 살면서 취미 생활도 같이 하고 간병도 서로 돌봐 주는 것이다. 간병은 고되고 부담스러운 일이지만 간병이나 임종도 삶의 일부다.

우리는 다른 사람과 함께하는 삶을 배워야 한다. 타인과 함께 살아본 적이 전혀 없는 사람은 나이가 들어서도 다른 사람과의 생활에 쉽게 적응하지 못한다. 직장에서도 마찬가지다. 삶의 수준과 의미를 향상시키기 위해서는 자신만의 고립된 공간을 허물어야 한다. 우리나라에도 '타운 하우스가 생기고 있는데 이는 본래의 타운 하우스 개념하고는 거리가 있는 것 같다. 독일이나 미국의 타운 하우스는 함께 정원도 가꾸고 주택 단지의 골목도 주민들이 함께 청소하며, 친족 관계가 아니면서도 서로 의지하며 사는 주거 형태이다. 즉, '더불어 사는 사회'로 '이웃과 함께 산다'는 개념이다.

몇 달 전에 개봉한 더스틴 호프만 감독의 〈콰르텟〉이란 영화가 있다. 콰르텟(Quartet)이란 사중창이나 사중주로 네 명이 함께 부르는 노래나 네 사람으로 편성된 연주를 말한다. 이 영화의 무대는 영국으로, 전설적인 왕년의 내로라하던 은퇴한 음악가들이 그들만을 위한 요양원에 모여 살면서 일어난 일들을 그린 영화다. 물론 등장인물들이 모두 80대 이상이다. 영화 속의 음악가들은 마음이 맞는 친구들과 함께 매일 음악 연습을 하며 행복한 나날을 살아간다. 하지만 건강이 악화되어 119에 실려 병원으로 가는 동료를 보면 백발이 성성한 이들도 언젠가 닥쳐올 그날을 생각하며 그때마다 우울함에 빠지거나 심란해 한다.

미국에는 은퇴자들이 모여 사는 '사설 노인복지시설'이 있다. 이곳은 대개 100~200가구로 나이 든 사람들이 안락하고 편안하게 쉬면서 생활을 할뿐더러 각종 동호회에 가입하여 뭔가 새로운 것을 배우고 사회적으로 도움을 주는 활동도 한다. 이곳에는 은퇴한 의사나 변호사 등이 있어 무료로 상담도 해 주고, 구성원이 각자 자신의 커리어를 활용해 공동체 주민에게 서로 봉사를 한다.

나이가 들면 배우자를 잃는 슬픔을 이겨내야 하며, 가족이나 친구가 죽는 경험을 하게 된다. 30~40년 전만 해도 죽음은 객사(客死)를 해서는 안 된다고 하여, 빈사 직전의 환자를 병원에서 집에 모시고 와 가족이 지켜보는 가운데 임종을 맞이하였다. 오늘 날의 죽음은 제도화되어 있어 대부분 사람들은 병원이나 요양원 또는 호스피스 기관에서 죽음을 맞이한다. 마지막 순간을 인간적으로 맞이한다는 것은 떠나보내는 사람에게 슬픔을 마음의 평화로 승화시켜준다.

나는 가톨릭 신자이지만 죽음 이후에 삶이 존재한다는 말을 믿지 않는다. 내게 삶은 죽음으로 끝나는 것이다. 그리고 내가 어디에서 왔으며 어디로 가는지에 대한 해답은 종교에서 얻을 수 없다고 생각한다. 나는 죽음을 비켜가려고 하지 않으며, 죽음으로부터 도망갈 생각도 하지 않는다. 그저 내 능력이 닿는 한 마지막까지 내 삶이 어떤 결말로 향하는지 지켜보고 싶을 뿐이다. 사르트르는 "사람들이 나를 기억하는 한 나는 죽는 것이 아니다"라는 말을 했다.

우리 어머니는 독실한 가톨릭 신자로 아버지가 돌아가시자, 같은 성당의 신우 할머니 여섯 분하고 의기투합하여 여주 강천면 도전리에 있는 성지(聖地)에 각자 조그만 집을 짓고 공동체 생활을 하셨다. 그곳은 지금은 개발 붐을 타고 전원주택이 많이 들어서 있지만 당시는 조그만 성당이 있고 산 정상에는 리오데자네이로의 코르코바도 마냥 예수님 석상이 우뚝 서 계시는 한적한 동네였다.

그곳에서 할머니들은 서로 경쟁하듯 정원을 가꾸시고, 간간이 함께 국내여행도 다니시고, 50여 석밖에 안 되는 조그만 성당에서 매일 아침 미사를 보셨다. 큰누나가 음으로 양으로 많은 도움을 주어서 8년을 그렇게 지나시다가 혼자 계시기 힘에 벅차니까 막냇동생 집으로 오셔서 돌아가실 때까지 동생 내외가 어머니를 모셨다.

어머니는 틈이 나면 그 시절을 회고하시는데 그때가 어머니의 인생에서 가장 행복했던 때였다고 말씀하시곤 하셨다. 어머니는 그야말로 그 흔한 성인병 하나 없으셨고 평생 입원을 하신 적이 없으셨는데, 돌아가시기 전 고요히 침대에 누워 계시다가 곡기를 끊으셔서 다니시던 성당의 신부님을 모시고 병자성사(病者聖事)를 마친 다음 분당에 있는 '보바스요양병원'에 입원하셨다. 이 요양병원에 입원하려면 3~6개월은 대기해야 한다고 하는데 둘째 동생의 지인 도움으로 즉시 입원할 수 있었다.

이 요양병원은 차별 없이 모두 6인실이었고 개인 간병인은 쓸 수 없으며 병원 소속 간병인 두 명이 교대로 한 방을 보살폈다. 선종의 징후가 있으면 병원에서 가족에게 연락이 온다. 부랴부랴 병원에 달려가 보면 환자는 6인용 입원실에서 1인용 병실로 옮겨진다. 그 병실은 '햇살방'이라고 이름 붙인 임종실인데, 10여 명이 들어가도 충분하리만치 넓었고 성경과 성가책, 불경 그리고 종교별 음악 CD가 갖추어져 있었다.

위급 상황이 지나면 환자는 도로 원래의 병실로 옮겨지고 가족은 해산한다. 이러기를 두어 번 하다가 병원에서 언제 무슨 일이 일어날지 모르니까 가족 중 한 명은 '햇살방'에서 환자와 함께 있으라 하여 내가 병실을 지켰다. 3일 후 어머니는 온 가족이 모두 지켜보는 가운데 아무 고통 없이 조용히 가셨다. 존엄하게 가신 것이다. 그때가 어머니 93세셨다.

사랑하는 사람과 언제까지나 함께하는 것은 불가능하다. 어머니가 내 삶에 큰 자리를 차지하고 계셨지만 마음의 준비를 워낙 단단히 하고 있었기 때문에 눈물조차 나오지 않았다. 그 방에 가득한 가족들은 침묵만 흐를 뿐 슬픔을 가슴으로 달래며 누구 하나 소리 내어 우는 사람은 없었다. 어머니는 워낙 깔끔하셔서 죽음에 대한 준비를 빈틈없이 해 놓으셨다. 심지어 추석 때 용돈을 드리니까 고손자들에게 골고루 나눠 주셨다. 가실 때 동전 한 푼 남기시지 않고 가셨다.

장례식은 한 사람의 인생을 요약한다. 함께한 가족과 친척들, 친지들을 통해 그 사람이 어떤 삶을 살았는지, 또 얼마나 의미 있게 살았는지를 짐작할 수 있게 한다. 장례식을 끝내고 집에 돌아오니 절로 눈물이 펑펑 쏟아지며 울음이 터져 나왔다. 슬픔의 강을 도저히 감당할 수 없었던 것이다. 생과 사는 신이 정한 섭리이지 인간이 어떻게 할 수 있는 것은 아니지만 어머니 생전에 무언가 혹시 섭섭하게 해 드린 게 있지 않은가, 좀 더 잘해 드릴 수 있지 않았을까 하여 복받치는 슬픔을 억제할 수 없었다.

하지만 추억을 더듬어 보니 어머니와 함께한 시간이 얼마나 좋았는가가 생각나 차츰 마음이 진정되었다. 해외여행이 특별한 경우가 아니면 허용되지 않던 시절, 꽃을 좋아하시는 어머니를 모시고 필라델피아 교외에 있는 세계적인 식물원이며 갖가지 기화요초(琪花瑤草)가 우거진 롱우드 가든(Longwood Gardens), 미국과 캐나다 국경에 있는 천 개의 섬 (Thousand Islands), 캐나다에서 본 나이아가라 폭포 등 미국 여기저기를 여행했던 일이 파노라마같이 머리에 흘러갔다.

그리고 말년에 막내 여동생과 어머니를 모시고 여기저기 맛집을 순례하던 일도 참 좋은 추억이었고, 그것은 내가 은퇴했기 때문에 가능한 이야기였다. 조선시대 선비들이 노쇠한 부모를 봉양한다는 구실로 벼슬을 내 놓고 낙향한 것이 이런 심정이리라. 어머니를 사랑하지 않는 사람이 누가 있으랴마는 그래도 나는 어머니와 함께한 추억에 지금도 미소를 짓는다.

# 이제
# 자식은 남이다

서양인들이 그토록 부러워하던 우리나라의 미풍양속인 효(孝)가 사라지고 있다. 이 오래된 전통문화가 꺼져가는 화톳불 지경이 되어, 말 그대로 풍전등화의 위기다. 젊은 세대는 부모 모실 생각은 하지 않으면서, 급하면 부모의 재산을 제 예금통장인 양 꺼내 쓰려고 한다. 자식 이기는 부모 없다고 부모는 눈물을 머금고 자기의 노후를 포기하면서 자녀를 도와준다. 이런 불공정한 일이 어디 또 있겠는가. 이는 피(血)를 나눈 사이이기 때문이고 한국인의 특질인 정(情) 때문이다.

영어에는 정이란 단어가 없다. 그런데 자녀들 입장에서 한번 생각해 보면 자기가 원해서 세상에 태어난 것이 아니고, 부모가 자기들 좋아서 나를 만든 것이니까, 끝까지 애프터를 해 주어야 마땅하지 않느냐는 망발을 할 수도 있다. 이런 막말을 하는 패륜아는 없겠지만 있을 수도 있다. 이렇게 따지고 나오면 분통이 화산같이 터져 나오겠지만 매로 다스릴 수도 없다.

어제(2013. 8. 6.) 저녁 뉴스를 보니까 스마트폰 게임을 한다고 어머니가 아홉 살 먹은 아들을 때리니까 그 꼬마가 어머니를 경찰에 고발했다고 한다. 조선시대에 이런 일이 있었다면 말세(末世)라고 난리가 났을 텐데 이제는 그저 그러려니 쯧쯧 하고 혀만 차고 지나간다. 아마도 그 어린이는 격리당하지 않고 여전히 학교에 다닐 것이다. 오히려 여론은 양비론(兩非論)으로 양쪽 모두 잘못이 있다고 넘어가고 있다.

60·70·80세대는 가족관계로만 보면 가장 불운한 세대다. 정성을 다하여 부모에게 효도하였는데, 자식한테는 효도를 받지 못하는 마지막 세대이고, 가족 먹여 살리느라고 뼈 빠지게 일하다가 은퇴를 하여 노후를 좀 즐기려고 했더니, 마누라한테 벌벌 기는 불쌍한 세대가 되었다. 은퇴자 중 마누라한테 떵떵거리며 사는 사람이 얼마나 될까? 아마도 수십억 재산가나 되면 몰라도 지금은 여성전성시대이고 젊은 부부들은 특히 여성이 가정을 지배한다.

농경사회에서는 환갑잔치를 기점으로 하여 농사짓는 일과 곳간 열쇠는 자식에게 물려주고 편안히 노후를 즐겼다. 그러던 것이 사회가 산업화되면서 자녀들이 부모 품을 떠나 도시로 진출함에 따라 부자관계는 자연히 소원하게 되었고, 고등 교육받는 여성이 많아짐에 따라 며느리는 시부모 모시기를 꺼려하기 시작했다.

이것은 서구사회에도 마찬가지 과정을 거쳤다. 영어에도 효도(孝道)라는 단어(filial duty)가 있으며, 패륜아(悖倫兒)란 단어(an immoral person)도 있다. 다만 서구는 우리보다 앞서 19세기에 산업혁명을 거치면서 농경사회가 붕괴되어 자연히 효도란 풍습이 사라졌던 것이다. 그래서 서양은 부모 세대가 일찍이 노후대책을 마련하기 시작했고 이를 위해 자녀는 자생력을 키우도록 여러 가지 방법을 강구하게 되었다.

미국의 경우 부유층이 아니면 자녀는 학자금대출을 받아 대학등록금을 내고 취직하면 월급으로 대출금을 갚아 나간다. 그리고 부모는 연금으로 노후를 보낸다. 10여 년 전만 해도 연금으로 노후생활을 만끽할 수 있었는데 요즘은 물가가 많이 올라 돈의 값어치가 옛날만 못하여 연금생활자도 허리를 졸라매야 한다고 한다.

우리나라도 공무원, 교수, 교사, 영관급 이상 군인들은 연금이 보통 3~4백만 원으로, 노후를 지내는 데 지장이 없으나 일반 봉급생활자들은 연금이 1백만 원 이내에 불과하여 그것으로는 생활할 수가 없다. 헌데, 엎친 데 덮치는 격으로 사업을 하는 자녀는, 심지어 사위까지도 은행 대출 받는다고 집을 담보로 내 놓으라고 옥박지른다. 집은 노후생활의 마지막 보루다. 집이라도 있으면 주택연금을 받아 그런대로 살 수 있다. 그런데 자녀 회사가 부도라도 나면 정말 개털이 된다. 다 늙어 잠잘 방 하나 없이 동가숙 서가숙(東家宿 西家宿) 하게 된다.

우리 초등학교 때 국어 책의 '할미꽃'이라는 동화를 기억하는 분이 있으리라. 큰딸, 둘째 딸 집에서 쫓겨나 셋째 딸네 집으로 가다가 셋째 딸의 집이 보이는 고갯길에서 지쳐 죽고 말아 그곳에 할미꽃이 피었다는 슬픈 얘기다. 셰익스피어의 『리어 왕』도 두 딸에게 재산을 모두 물려주고 마침내는 배신당한다는 똑같은 스토리이다.

자녀는 원하는 만큼 교육을 시키고, 결혼을 시키고, 전세를 얻어주고, 능력이 있으면 집도 사 주면 그것으로 부모의 의무는 끝난 것이다. 부모는 자식의 예금통장이 아니고 딸이나 며느리의 도우미가 아니다. 손자·손녀는 당연히 애 엄마가 키워야지, 손자·손녀 키우느라 팔에 관절염이 걸리거나 동창 모임에도 못 나가고 노후를 완전히 노력 봉사로 그 황금 같은 시기를 놓쳐서는 안 된다. 친구들은 경치 좋은 교외로 밥 먹으러 다니고 일 년에 한두 번은 해외여행도 다니는데, 힘이 다 빠지고 나서 이제는 좀 나도 놀아야지 하고 생각하면 땅을 칠 노릇이다. 딸이나 며느리가 직장에 다니면 돌보미를 쓰든지 어린이집이나 유아원에 넣든지 말든지 하라고 딱 잘라 거절해야 한다.

내 인생이 중요한 것이다. 더 이상 희생하는 사람은 바보다. 이만큼 힘들게 인생 항로의 파도를 헤쳐 왔으면 이제는 내 인생을 즐길 권리가 있는 것이다. 이것은 광의로 해석하면 헌법이 보장하는 '행복추구권'이다. 노년은 더 이상 가시나무새가 되어서는 안 된다. 이제 자식들의 굴레에서 벗어나야 한다. 자식의 멍에에서 벗어나야 한다. 이제 자식은 남이라고 생각해야 한다. 집 담보를 요청해도 매정하게 거절하고 손주 봐 달라고 해도 갖은 핑계를 대고 피해야 한다. 돌봐줘 보았댔자 밑져야 본전이다. 혹여 탈이라도 나면 모두 뒤집어쓴다.

있는 재산 아끼지 말고 마음껏 노후를 즐기다가 가야 한다. 보유하고 있는 집도 역모기지(주택연금)를 이용하여 남은 인생을 의미 있고 가치 있는 데에 써야 한다. 여행을 좋아하면 세계일주 크루즈를 타 보든지, 사회봉사에 관심이 있다면 불우이웃을 위한 활동을 해 보는 것도 좋을 것이다. 자식에게 상속을 해 줄 생각은 버려야 한다. 이것이 자녀들의 자생력을 키워 이 세상을 더 건강하게 살도록 해 주는 것이다. 21세기는 21세기에 맞는 삶의 방식에 따라야 한다. 이제는 삶의 패러다임이 바뀌었다. 상속은 예로부터 상속자의 삶을 망친 경우가 너무나 많다. 자식들에게 상속의 기대감을 포기하도록 기회 있을 때마다 주입시켜야 한다.

'무자식이 상팔자'라고 속담에 틀린 말이 하나도 없다. 이제 자식은 애물단지가 되었다. 물론 '예외 없는 법칙 없다'고 자식 둔 맛에 사는 사람도 많다. 자식 덕에 노후를 편안히 즐기는 사람도 많다. 더구나 옛날에는 출가외인(出家外人)이라고 말 그대로 남이었던 딸이 요즘은 얼마나 효도를 많이 하는가. 딸이 최고인 시대가 왔다. 이렇게 세상은 돌고 돈다. 하지만 딸 신세를 지면 사위한테 구박받으니까 이것도 조심해야 한다. 미국은 장모·사위 사이가 우리나라 고부관계처럼 나쁘다. 우리나라는 미국을 따라간다. 곧 우리나라도 사위와의 갈등이 불거질 것이다. 어쨌든 자식에게 기대지 말고 독립해야 한다. 자식은 이제 남이다.

# 내 인생의 동반자,
# 아내 그리고 친구

중년 남성들이 술자리에서 자주 하는 우스갯소리 중에 '나이 들면서 필요한 다섯 가지'는 첫째 마누라, 둘째 아내, 셋째 애들 엄마, 넷째 집사람, 다섯째가 와이프라고 한다. 반면 여성은 첫째 딸, 둘째 돈, 셋째 건강, 넷째 친구, 다섯째는 찜질방이라고 한다. 이는 남자에게 있어 배우자의 존재가 그만큼 중요하다는 것을 풍자한 이야기일 것이다.

배우자는 평생의 동반자이며 친구는 인생의 동반자이다. 지다연의 노래 '동반자'는 그녀 특유의 중성적인 목소리와 사람들의 마음을 사로잡는 노랫말로 많은 사람들에게 사랑을 받았었다. 외로울 땐 언제나 내 손을 잡아주고, 괴로울 땐 언제나 내 마음 달래준 사람~ 당신은 오직 내 인생의 동반자, 사랑의 길을 함께 가야 할 사람~. 태진아의 노래 '동반자는, '당신은 나의 동반자 영원한 나의 동반자, 내 생애 최고의 선물 당신과 만남이었어~' 라고 한다.

가요의 가사는 시대를 반영하고 대중의 가슴을 적신다. 우리가 공기의 소중함을 모르듯이 부부간에도 같이 있을 때는 잘 모르다가 한쪽이 되면 그 소중하고 귀함을 절실히 느낀다. 가까우면서도 멀고, 멀면서도 가까운 사이가 부부며 곁에 있어도 그리운 게 부부다. 둘이면서 하나이고, 반쪽이면 미완성인 것이 부부이며 혼자이면 외로워 병이 나는 게 부부다. 그러므로 상대방을 이해하고, 배려하고, 존중하고, 양보하며 화기애애하게 부부생활을 즐기도록 서로 노력해야 할 것이다.

아내란 '청년에겐 연인이고, 중년에겐 친구이며, 노년에겐 간호사다'란 말이 있다. 인생에 있어 최고의 행복은 아마 부도 명예도 아니고 사는 날 동안 지나침도 모자람도 없는 사랑을 나누다가 "난 당신을 만나 참 행복했소"라고 말하면서 한쪽이 먼저 가고, 얼마 후 남은 짝이 뒤따라 가는 부부가 있다면 더할 나위없는 이상적인 부부일 것이다.

배우자를 포함하여 가족보다 더 소중한 것은 없다. 가족이란 늘 가까이에서 마주 보며 함께 생활하는 사람인지라 흔히 소중함을 잊고 지낸다. 하지만, 어느 순간 자신의 아내나 남편이 곁에 없는 삶을 상상하면 눈앞이 캄캄해짐을 느낀다. 서로 바라보고 지켜주며 마음의 의지가 되는 사람이 없다면 세상 속에 홀로인 것처럼 외롭고 공허할 뿐만 아니라 살아야 할 의미가 사라져 버린다.

사랑하는 가족이 없다면 많은 재물을 모으고 부귀와 영화를 누린다 한들 무슨 의미가 있으며 즐거움이 있겠는가. 비록 무심하고 뚝뚝한 남편이나 바가지와 잔소리꾼의 아내라 할지라도 서로에게 보이지 않는 그늘이자 마음의 버팀목인 아내와 남편이란 이름은 세상 속에서 꿋꿋하고 당당하게 살아갈 수 있게 하는 힘의 원천이 된다.

그리고 노년이 되면 인생을 함께 걸어갈 친구가 매우 중요하다. 친구는 젊어서나 늙어서나 돈, 건강, 배우자 못지않게 중요하다. 태어나면서 죽을 때까지의 삶은 나 혼자만의 삶이 아니라 누군가와 함께 동행을 하면서 평생을 살아가야 한다.

어린 시절은 부모 형제와 동행을 하면서 살지만 조금 자라면서는 친구들을 사귀게 된다. 성인이 되면 결혼을 하여 평생의 반려자와 함께 동행을 한다. 어떤 친구는 형제보다도 더 친밀해지기도 한다. 문제가 생겼을 때 상담할 수 있는 친구, 다른 사람에게 밝히고 싶지 않은 일도 털어 놓을 수 있는 친구, 마음이 아플 때 의지하고 싶은 친구가 있다면 얼마나 좋을까? 이를 사자성어로 관포지교(管鮑之交) 또는 간담상조(肝膽相照)라고 한다. 간과 쓸개를 서로 내보인다는 말로 서로 마음을 터놓고 친밀히 사귄다는 뜻이다. 또 막역지우(莫逆之友)나 문경지우(刎頸之友)라고도 한다.

옛 선비들은 적당한 나이가 되면 벼슬을 내려놓고 마음이 통하는 친구들과 어울려 풍류(風流)를 즐겼다. 풍류는 자연을 가까이 하는 것으로 맛과 멋과 운치, 그리고 글과 음악과 술 등을 여유롭게 즐기는 것으로 조선조 선비들의 생활에 중요한 부분을 차지하였다.

노후의 인생에 있어 시간을 즐길 수 있는 취미 등도 중요하지만 친구 또한 이에 못지않게 중요하다. 괴테는 200여 년 전에 이런 말을 하였다. "노년의 가장 큰 적(敵)은 고독과 소외이니 노년을 같이 보낼 수 있는 말벗이 되는 좋은 친구를 하나라도 만들어 두어야 한다" 진실하고 강한 우정을 쌓은 사람들이 더 오래 살고, 더 행복하며, 더 활기찬 인생을 살수 있다. 하지만 아무하고나 사귀어서는 안 된다.

투자의 귀재 워렌 버핏은 이런 말을 했다. "나는 내가 좋아하지 않거나 존경할 수 없는 사람들과는 어울리지 않습니다. 어떤 사람을 만나느냐는 결혼만큼이나 중요하니까요" 또, 힌두 속담에 "우리는 자신이 좋아하는 사람들과 비슷해진다"라는 말이 있고, 『공자가어(孔子家語)』에

"그 친구를 보면 그 사람을 알 수 있다"라는 말도 있다. 한마디로 유유상종(類類相從)이란 말일 것이다.

진실한 우정은 거저 얻어지는 것이 아니고 좋은 친구를 얻기 위해서는 스스로가 좋은 친구가 되어야 한다. 배우자도 마찬가지다. 사랑받는 배우자가 되기 위해서는 스스로 사려 깊은 남편이 되어야 한다.

시대를 막론하고 사람들에게 있어서 동반자는 그 사람의 인생에 상당한 영향을 끼친다. 근묵자흑(近墨者黑)이라는 말이 있다. 먹을 가까이하면 검어진다는 뜻으로 이는 사람이 어울리는 주변에 따라서 영향을 받고, 그 주변과 비슷하게 바뀔 수 있음을 뜻한다. 나쁜 친구를 사귀면 착한 사람도 나쁜 사람이 되기가 쉽다. 이렇듯 내 삶의 주변에 누가 있는가는 상당히 중요하다. 우리 속담에 "친구 따라서 강남 간다"는 말이 있고, "남이 장에 가면 거름 지고 나선다"는 말도 있다. 그래서 주위 환경이 사람에게 대단히 중요하다.

향기가 진한 꽃 주위에 있으면 나에게도 향기가 나고, 악취가 나는 곳에 내가 서 있으면 내 몸에서도 악취가 난다. 오늘 내 주위에 누가 있는지 잘 살펴볼 필요가 있다. 내가 선한 사람이나 의인 옆에 있으면 나도 그런 사람이 될 확률이 높고, 사기꾼이나 악인 옆에 있으면 나도 그런 사람으로 물들어 갈 수 있기 때문이다.

사람은 누구나 혼자서는 살 수가 없기에 필연적으로 수많은 사람들과의 관계 속에서 살아간다. 인생길을 가노라면 누구나 힘이 들고 지칠 때가 있다. 인생의 여정이 험난하고 포기하고 싶어질 때 손 내밀어 잡아주는 따뜻한 가슴으로 다가오는 동반자가 있다면 많은 위안을 받는다.

서로 바라보고 웃을 수 있는 마음이 있다면 비바람 불고 눈보라가 몰아쳐도 동반자와 함께하는 길이라면 거뜬히 헤쳐 나갈 수 있다. 서로를 아끼는 마음으로 뜨거운 눈물을 한 방울 흘릴 수 있는 따뜻한 가슴을 간직하는 동반자가 있다면 그 삶은 행복한 삶일 것이다.

# 황혼의 들녘에도
# 로맨스는 있는가

100세 장수시대가 다가옴에 따라 홀로 사는 노년들이 많아졌다. 지금 우리나라 평균수명은 80세이고 여성이 남성보다 5년 정도 더 오래 산다. 이에 따라 황혼의 로맨스가 자주 인구(人口)에 회자(膾炙)된다. 특히 주위의 친지가 이성의 친구를 사귀면 빅뉴스가 된다. 남자들 세계에서는 이런 뉴스가 그냥 그저 가볍게 넘어가는데 여자들은 호들갑을 떤다. 아마도 부러워서 하는 질시가 아닌가 싶다.

결혼생활은 아이가 태어나기 전과 자녀들이 독립하여 집을 떠난 후가 여러 가지 여건으로 볼 때 가장 행복한 시기이다. 하지만 그러한 행복한 순간을 제대로 만끽하는 부부는 많지 않다. 자녀들이 자라서 독립하면 자신의 배우자에게 눈을 돌려 꺼져가는 로맨스에 다시 불을 지펴야 하는데, 불행히도 이때쯤 되면 여성은 자연의 섭리인지 폐경기가 와서 남편에게 짜증을 많이 내게 된다.

중년의 로맨스는 몸과 마음, 정신과 영혼이 만나 깊고 즐겁고 다정하게 서로를 아껴야 하는데, 그때는 이미 마음과 몸이 메말라 버리고 만다. 미치 엘봄은 "인생에서 가장 중요한 것은 사랑을 나누는 법과 사랑을 받아들이는 법을 배우는 것이다"라고 말했다. 그러나 중년 이후가 되면 서로 엇박자가 나서 '나누는 법'과 '받아들이는 법'을 망각해 버린다. 한마디로 '너는 너고 나는 나다'라는 식이다. 그래서 중년 이후의 여성들은 『인형의 집』의 노라라도 된 양 집을 뛰쳐나가 동창이나 교회 교우들 그리고 아파트 주민들과 어울리기를 더 좋아한다. 이러다가 남편이 먼저 세상을 떠나면 더욱더 친구와 취미 생활이나 여행에 몰입한다.

내가 뉴욕에 근무할 때 이야기다. 혼자 된 할머니의 집에 세를 들어 살았는데, 집주인은 왕년에 뉴욕 맨해튼의 링컨센터를 주름잡던 발레리나였고 남편은 피아니스트였다. 남편이 죽자 큰 집이 필요 없으니까 자기가 살던 1층을 나에게 세를 주고 자기는 입구가 별도로 있는 반지하로 내려가 살았다. 나이는 정확히 알 수 없었지만 80대 초반 정도였다. 남편이 죽은지는 1~2년 전이라고 하였다.

월세를 주러 반지하에 내려가면 심심한지 와인과 쿠키를 주며 별의별 얘기, 주로 링컨센터를 누비던 얘기를 밑도 끝도 하더니 언제부터인가 약속이 있다며 월세만 받으면 휭하니 외출하는 거였다. 그러다가 두세 달 후 지하에 내려가니까 웬 백발의 멋쟁이 할아버지가 와 있었다.

그리고 또 몇 달이 지나 내가 출근하려고 주차장에 가보니 그 할아버지의 차가 밤새 주차되어 있었다. 그래서 집사람과 농담을 하며 한바탕 웃은 적이 있는데, 그때만 해도 그런 풍경이 우리에게는 생경하였다. 당시 한국에는 로맨스그레이(romance grey, 머리가 희끗희끗한 매력 있는 初老의 신사)라는 말은 있었지만 로맨스화이트(실제 이런 말은 영어에도 없음)란 말은 없었다. 즉 당시 우리나라는 칠십이 넘으면 부부가 사별해도 로맨스라는 것은 주책이라고 사회적 비난을 받아 마땅했고 칠십 인생은 그저 폐기처분 대상이었다.

그러나 이제는 남편을 잃은 노부인들은 적적함을 달래고자 가지각색의 친구 모임, 다양한 취미 활동 등으로 생의 기쁨을 되찾고 인생의 충만함과 만족감을 느낀다. 취미 활동 교실이나 동아리에서 그리고 친구의 소개로 이성을 만나 데이트를 하게 되고, 나이가 칠팔십이 넘은 사람도 로맨스에 빠지는 사람들이 많아졌다. 사귀다 보면 결혼에까지 도달할 수도 있지만 대개 결혼까지는 원하지 않는다. 동거생활로도 얼마든지 황혼의 로맨스를 꽃피울 수 있기 때문이다.

윌 듀란트는 그의 90번째 생일에서 "늙은 남편이 늙은 아내를 사랑하는 것에 비하면 젊은 시절의 사랑은 매우 얕고 표면적인 사랑일 뿐이다"라는 말을 하였다. 집주인 할머니는 그해 가을 결혼하여 저녁 식사 초대를 받았는데 그녀는 그 자리에서 "난 이제껏 이렇게 행복한 적도, 이렇게 사랑에 푹 빠져 본적도 없어"라는 말을 했다. 5년 후 뉴욕에 다시 발령이 나서 그 할머니를 찾아 갔는데, "우리는 어제 결혼 5주년 축하 파티를 했어. 그리고 난 그이를 어느 때보다 훨씬 더 사랑하고 있어. 우리는 하루하루가 축복이며 행운이라고 생각하고 감사하며 살고 있어"라고 행복에 가득 찬 얼굴로 말했다.

이들의 행복이 순전히 운으로만 볼 수 있는가? 이들이 이토록 행복한 건 서로 사랑을 소중히 가꾸어 나가고 서로를 배려하며 상대방을 소중하게 대하기에 가능한 것이다. 젊은 시절에는 일이나 취미, 친구를 배우자보다 더 우선순위로 두었지만 황혼의 로맨스는 이러면 당장에 깨지고 만다.

그리고 사랑받고 싶다면 매력적이어야 한다, 사랑하는 사람을 위해

고운 마음을 갖고 사려 깊고 사랑스러우며 유쾌한 모습으로 자신의 가장 멋진 모습을 보여 주어야 한다. 외면적으로는 여성은 화장과 옷에 신경을 써야 하고 남성도 멋을 내려고 노력해야 한다. 또 자주 웃어야 한다. 웃음은 인생의 힘든 순간을 헤쳐 나가는 동안 사랑을 지키는 가장 강력한 힘이 된다.

집안일을 나누어서 하는 것은 노년의 로맨스의 기초다. 설거지도 해야 하며 요리책이나 인터넷을 보고 반찬도 만들어 보아야 한다. 늙으면 배우자가 아파 누울 때가 많아지는데 이때 남성이 반찬을 만들지 않으면 누가 밥상을 차릴 것인가?

잔소리는 로맨스를 짓밟아버리는 지름길이다. 잔소리는 서서히, 그러나 확실하게 사랑이라는 감정을 갉아먹는다. 설사 크게 싸우더라도 상대방에게 상처를 주는 말은 절대로 해서는 안 된다. 특히 여성은 말로 입은 상처는 영혼에 깊이 새겨져 잊지를 않는다.

노년이라고 해서 인생의 마지막 소중한 시간을 이성과 함께 보내며 대화하고 사랑하고 웃고 노는 것이 흉이 되는 시대는 이제는 호랑이 담배 먹던 시절의 얘기다. 손을 마주잡고 안개 낀 아침 한강 고수부지를 산책하고 멋진 저녁 요리를 함께 만들어 보거나 거실에서 꼭 끌어안고 가장 좋아하는 음악을 들어 보아라.

곱게 물든 노란 은행잎을 밟으며 고궁의 돌담길을 거니는 것도 좋고, 고풍스럽고 자그마한 레스토랑에서 촛불이 켜진 조용한 테이블에 마주 앉아 노년을 마지막으로 불태울 꿈이나 함께할 여행 계획을 세우며 다정하게 저녁 식사를 해 보아라. 이리하면 노년이라도 얼마든지 로맨스를 즐길 수 있다.

# 죽을 때
# 후회하는 것은 무엇일까

사람이 죽을 때 후회하는 것이 다섯 가지가 있는데, 첫째는 내 뜻대로 살걸, 둘째는 일 좀 덜할걸, 셋째는 화를 좀 덜 낼걸, 넷째는 가족과 친구들을 좀 더 챙길걸, 다섯째는 도전하며 살걸, 이라고 한다. '걸걸걸걸걸' 하니까, 사람이 죽을 때가 되면 '껄껄껄' 하며 후회한다는 우스갯소리도 있다. 즉, 마누라를 더 사랑해 줄걸, 인생을 좀 더 멋있게 즐길걸, 주위 사람에게 좀 더 베풀걸, 하며 후회한다는 얘기다.

만일 오늘이 삶의 마지막 날이라면 무엇을 후회하게 될까? 가장 큰 회한은 '다른 사람의 눈과 기대에 맞추지 말고, 나 스스로에게 진실한 삶을 살았더라면'이 아닐까. 사람들은 삶이 끝나갈 때쯤 되어서야 자기가 얼마나 많은 꿈을 이루지 못했던가를 알게 된다. 그리고 어떤 것을 하거나 하지 않기로 한 자신의 선택 때문에 꿈의 절반조차 이루지 못한 채 생을 마감해야 한다는 것을 후회한다.

'일을 좀 덜할걸' 하는 후회는 특히 남자라면 다 하는 생각이다. 그러나 이제는 여성전성시대니까 여자도 일을 좀 덜할걸, 하고 병상에서 후회하게 될 것이다. 남성들은 대개 회사 일에 쫓겨 아이들과 놀아주지 못한 것을 후회하고 배우자에게 잘해 주지 못한 것을 후회한다. 특히 배우자와 노후에 여행을 많이 하지 못한 것을 후회한다.

　사람들은 죽을 때가 되면 옛 친구를 찾지만 그때는 이미 연락처도 모를 때가 많고, 임종 시 가족들이 모두 지켜보는 가운데 가기를 바란다. 그리고 병원에 입원하면 친척과 친구들이 문병 오는 것을 은근히 바란다. 며칠 전 작고한 소설가 최인호는 오랫동안 침샘 암과 투병했지만 일절 친구들의 병문안을 받지 않았다고 한다. 이장호 감독하고는 초등학교 때부터 중·고교·대학까지 같이 다닌 절친이지만 그의 문병조차도 사절했다고 한다. 그는 작가로서 자존심이 너무 세기 때문에 죽어 가는 초라한 모습을 친구의 추억에 남겨 주지 않기 위해서일 거라 추측해 본다. 그러나 범인(凡人)은 그렇지 않다. 나는 보통의 경우를 말하는 것이고 세상만사 예외 없는 법칙은 없다고 최인호 같은 독특한 작품세계를 가지고 있는 천재는 그 나름대로 인생관이 있기 마련이다.

　죽음의 본질과 삶의 의미 그리고 생명의 존엄성은 고대 그리스 철학자로부터 공자를 비롯한 중국의 5대 성현 등 그리고 최근에 와서는 스티브 잡스에 이르기까지 수많은 사람들이 사색하고 성찰하고 명상하고 번민하고 고민한 명제들이다. 답은 하나일 수 없다. 사람은 각기 자기가 살아가는 방식과 길이 있기 때문에 생각도 다양하고 일률적이지는 않다. 하지만 보편타당성 있는 일반적인 통설은 있을 수 있다.

　삶에서 유일하게 확실한 것은 누구나 언젠가는 반드시 죽는다는 것이다. 그 누구도 죽음은 피해 갈 수는 없다. 죽음을 피할 수 없다는 사실을 인식하는 순간 '죽을 수밖에 없는 나란 존재는 과연 무엇인가?' '영혼은 육체가 죽은 뒤에도 계속 존재하는가?'라고 성찰하게 된다. 그리고 나는 누구이고 어디에서 왔으며 어디로 가는가를 사색하게 된다.

죽음은 모든 것의 끝이다. 내가 죽는다면 나는 존재하지 않는다. 그러기 때문에 죽음이 반드시 나쁘다고만 할 수는 없다. 다만 남아 있는 가족과 친지들에게 슬픔을 안겨 주는데 이것도 세월이 지나면 잊게 된다. 장례식에 참석한 친척이나 친지도 슬퍼하며 흐느껴 울기보다는 고인을 추억하며 조용하고 경건한 마음으로 고인의 명복을 비는 것이 좋지 않을까 생각해 본다. 그래도 죽음은 무섭고 두렵기 때문에 사람들은 죽음에 대한 생각을 애써 외면하려고 한다.

로마제국의 황제(재위기간 160~180)이고 5현제(賢弟)이며 스토아학파 철학자인 마르쿠스 아우렐리우스는 그의 명상록에서 "오늘 당신은 죽은 몸이라고 생각해라. 더 산다는 것은 덤이라고 생각하라. 그리고 자연의 순리에 따라 그 시간을 살아라"라고 말했다. 노자의 도덕경과 매우 흡사한 철학이다.

좋은 죽음은 아름답다. 좋은 죽음은 우리가 죽을 수밖에 없는 유한한 존재라는 자연의 섭리를 받아들일 때, 또 죽음이 언제 어디에서 찾아온다 해도 그동안 주어진 삶의 충만함에 깊이 감사할 줄 알 때 가능하다. 죽기 전까지 살아온 삶으로 충분하다고 만족하지 못하면, 존엄한 죽음이나 편안한 죽음을 맞이할 수 없는 것은 분명해 보인다.

스티브 잡스는 불교 신자로 선(禪)에 심취해 있었는데 췌장암으로 죽음의 고비를 넘긴 후 스탠퍼드 대학 졸업식에서 죽음에 대하여 다음과 같은 명연설을 하였다. "죽음을 생각하는 것은 무엇을 잃을지도 모른다는 두려움에서 벗어나는 최고의 길이다. 아무도 죽길 원하지 않는다. 천국에 가고 싶다는 사람조차도 죽어서까지 가고 싶어 하지는 않는다. 그러나 죽음은 우리의 숙명이다. 아무도 피할 수 없다. 그리고 그래야만 한다. 언젠가 죽는다는 사실을 기억하라. 그러면 당신은 정말 잃을 게 없다. 죽음은 삶이 만든 최고의 발명품이다" 그리고 나서 그는 암이 재발하여 그로부터 6년 후 세상을 떠났다.

우리는 영원히 살 것처럼 살아간다. 머리로는 누구나 죽는다는 것을 잘 알고 있지만 내가 죽는다는 사실에 대해서는 마음으로 받아들이지 못한다. 대다수의 사람들은 죽음에 대한 준비를 하지 않는다. 다만 물질적으로 장례식 비용을 위하여 상조회사에 가입하는 정도다. 하지만 장례식 비용보다 죽음의 질을 성찰해야 한다. 삶을 아름답게 마무리하려면 죽음이 실패도, 불행도 아니라는 것을 깨닫고 삶의 정점과 완성으로 죽음을 받아들여야 한다는 것이다. 그 이유가 경제적 어려움이나, 질병의 고통이건, 마음의 상처건, 힘든 삶의 도피처로서 죽음을 마지못해 수용하는 것이어서는 안 된다. 꾸준한 자기 훈련, 자기 성장의 과정 없이 누구도 단번에 큰 깨달음에 도달할 수는 없다. 죽음에 대하여 끊임없이 사색하고 성찰해야 좋은 죽음을 맞이할 수 있다. 종교적 표현을 빌리자면 영적 성장을 통한 영혼의 각성은 하루아침에 얻어질 수 없다.

삶 속에서 죽음의 사색을 놓지 않고 살아갈 때 비로소 좋은 삶으로 살아갈 수 있을 뿐만 아니라 궁극적으로 아름다운 죽음의 기회를 얻을 수 있다. 죽음은 인생의 완성이다. 그리고 죽음은 자연의 현상이다. 태어났다는 것은 죽음을 전제로 한 것이다. 다만 일찍 오느냐 늦게 오느냐의 차이일 뿐 우리는 살아가고 있는 것이 아니고 죽어가고 있는 중이다. 각자 주어진 삶에서 사람답게 사는 게 중요하다. 티베트의 승려들이 소망하듯이 죽음의 순간이 설령 눈부시게 밝은 빛과 하나가 되는 멋진 최후의 경험이 아니라도, 죽음 앞에서 두려움 없이 편안하게 죽을 수 있다면 그것이 성공한 인생일 것이다.

# 늙었다고
# 다 같이 늙은 것은 아니다

최근 급속한 고령화시대가 들어오면서 개인의 금융자산 감소, 연금고갈, 복지기금소진 등으로 사회불안이 고조되고 있으며 미래사회에 대한 불안감이 높아지고 있다. 그러나 이러한 인식은 나이가 들면 일을 제대로 할 수 없고, 스스로 자립할 수 없다는 고정관념에 사로잡혀 있기 때문이다.

연령에 대한 평가는 시대에 따라 점점 진화하고 있다. 이제 어제의 노인은 오늘의 노인이 아니다. 인간의 노화에 대한 의학적 연구는 매일 계속되고 있고, 각 개인도 나름대로 건강관리를 하고 섭생에 신경을 쓰기 때문에 근래에 들어와 인간의 수명은 현저히 길어졌다. 이제 70대가 경로당을 찾는 사람은 없다. 70대가 경로당에 가는 것은 봉사를 하기 위해서이다.

최근 동경의 어느 노인연구소에 의하면 20년 전 65세 노인의 신체와 사회적 건강 상태가 현재의 82세의 노인과 같다고 한다. 즉, 오늘날의 노인들이 20년 전의 노인들보다 무려 17년이나 더 젊게 살고 있다는 것이다. 그러나 이것은 평균 수치이지 모두가 그렇다는 것은 아니다. 80대가 마라톤에 참가하고, 70대 후반이 히말라야나 킬리만자로에 오르고 택시 운전도 하지만, 뒷방 신세를 면치 못하고 있는 노인들도 많다. 아마 더 많을지도 모른다. 나이는 숫자에 불과하다는 말은 '늙은이라고 해서 다 같은 늙은이가 아니다'라는 말로 바꿔 쓰면 어떨까?

곧 100세 장수시대가 온다고 한다. 그러나 나는 이미 100세 시대가 왔다고 본다. 지금 우리나라 국민의 평균수명이 80 정도인데, 이는 영유아기의 사망, 사고사, 자살 등 단명한 사람을 숫자상에 넣어서 80세이니, 지금 80세인 사람은 앞으로 10~20년은 더 살 수 있음을 의미한다. 어느 노인 문제 전문의학자의 말에 의하면 현재 50세 이상인 사람은 100세까지 살 확률이 50%라고 한다. 따라서 이제는 노후를 어떻게 꾸려가야 하는지가 아주 중요한 화두가 되었고, 인터넷 카페에도 노년들의 카페가 많이 있어 여기에 노년을 지혜롭게 보내는 방법에 관한 좋은 글들이 많이 올라온다. 그리고 구청 등에서 컴퓨터 무료 강의를 하기 때문에 노년들은 주체할 수 없이 남아도는 시간을 인터넷에 쏟아붓는 사람들이 많아졌다.

예전에는 노년을 맞으면 환갑잔치를 거창하게 하고 나서 뒤로 한 발 물러나 소극적으로 사는 사람들이 보통이었는데, 지금은 새로운 삶의 의미를 발견하여 청장년보다 더욱 활기차게 사는 사람들이 많아지고 있다. 어떤 이는 못다 이룬 꿈을 향하여 쉼 없이 걷거나 달려 나가고, 어떤 이는 두려움을 접은 채 낯설거나 새로운 분야에 도전한다. 또 다른 사람은 자신이 가진 것들을 조금씩 덜어내어 나눔으로써 행복을 찾고 당당해진다.

나이를 먹으면 젊었을 때보다 세상에 쓸모가 적어진다고 생각할지 모르지만, 나이 들면서 찾는 보람이 커진다면 가치 있는 삶으로 존재할 수 있다. 우리가 가치 있게 나이 든다는 것은 그런 보람의 크기를 높이는 것이다. 청춘이 가는 것을, 나이 드는 것을, 늙는 것을 사람들은 서러워한다. 하지만 지나간 세월을 돌이킬 수 없는 것처럼 가는 세월을 붙잡을 수도 없다. 나이가 드는 것을 안타깝게 생각할 필요는 없다. 나만 나이 먹는 것이 아니므로. 우리가 정말 안타까워 할 것은 나이를 먹으면서 자기 삶의 가치를 떨어지게 하는 것이다. 가치 있게 나이 드는 것이야말로 시간적 존재로 사는 우리가 할 수 있는 최선이다. 가치 있게 나이 드는 방법은 보람을 계속 키워 가는 것이다.

세상을 살다 보면 어느 순간 내가 어디에서 왔으며, 어디쯤 서 있으며, 어디로 가고 있는가에 대한 회의가 들 때가 있다. 정신적 일을 한 사람은 세상이 나를 어떻게 평가해 주는지 돌아보며 만족감과 실망감을 맞이하는 순간이 온다. 직장인은 회사를 그만둔 후에는 무엇을 하며 살 것인지에 대한 두려움과 불안감이 몰려오기도 한다. 보통 자녀를 모두 시집 장가보내고 나면 지금껏 나의 인생에 남은 것이 무엇인가 하는 허탈감에 빠지는 순간에 부딪친다. 인생에서 마주치는 이런 순간을 어떻게 받아들이고 보내느냐에 따라 삶의 보람과 긍지를 느끼기도 하고, 삶의 방향을 잃고 좌절과 고민에 빠지기도 한다.

사람들은 정년 후에서야 조직을 떠난 개인으로서의 인간이 된다. 오래된 바이올린일수록 소리가 아름답다. 나는 인생에서 최고의 황금기는 어린 시절과 인생의 후반기라고 확신한다. 의학계 연구와 심리학자의 말에 의하면 인생에 있어 가장 행복한 나이는 74세라고 한다.

노인들이 손자·손녀와 서로 좋아하는 데는 이유가 있다. 용돈을 주어서가 아니다. 두 세대는 공통점이 참 많다. 둘 다 삶을 즐기고 놀고 쉬며 세상에 대한 왕성한 호기심을 보인다. 나이 먹는 즐거움은 무엇인가? 나이 먹는다는 것은 더 많은 지혜와 추억과 경험과 자유 시간, 여유로운 삶 그리고 특히 손자들을 갖게 된다는 점이다.

노년의 특혜는 생계를 위해 돈을 벌고 경력을 쌓아야 하는 청춘의 무게를 집어던지고 젊어서는 깨닫지 못한 즐거움을 반추하고 음미할 시간이 생긴다는 것이다. 보통 노년이 되면 세월이 화살과 같이 빨리 간다고 한탄하는데 사람에 따라 노년의 시간도 유장한 물결을 타고 천천히 흘러간다. 청년 시절은 모든 게 비슷비슷하지만 노년의 삶은 자기 하기 나름에 따라 너무나 차이가 난다. 외형상으로 나타나는 신체적 격차는 그대로 눈에 보이고, 정신적인 차이도 말 몇 마디를 해 보면 금방 느낀다.

어느 누구는 혼자 산을 걸으며 잠시 걸음을 멈추고 여유롭게 하늘을 올려다보고 그 아름다움을 감상하는 것에 마냥 행복해 한다. 그리고 음악에 흠뻑 빠져 순간적인 광기에 전율을 느낀다. 그 순간 그는 청춘으로 변신한다. 나이가 먹어도 감성이 살아 있고 사랑을 느낄 줄 안다면 그는 비록 외형은 어떨지 모르지만 내면은 뜨거운 청춘이다. 활동적이고 충만한 삶을 살면 그는 실제 나이보다 젊게 보인다.

인생의 황혼기! 황혼은 황홀하다. 황혼은 너무나 아름답다. 구름 사이로 서서히 사라져가는 석양은 마음이 저려오도록 아름답다. 어찌 일출에 비하랴. 겨울로 서서히 들어서는 준비를 하는 단풍은 나무들의 잔치다. 더 이상 아름다울 수 없고 더 이상 화려할 수 없다. 이것이 노년이다.

# 돈만 있다고
# 중산층인가

　미국인은 한 해 7만 5000천 달러(약 8천3백만 원)쯤 벌어 가족이나 친구와 여가를 많이 보내는 사람이 가장 행복하다고 한다. 지난해 미국 프린스턴 대학 연구진이 45만 명을 대상으로 한 갤럽 조사를 분석해 얻은 결론이다. 연구진은 돈을 펑펑 쓴다고 해서 행복을 느끼는 것은 아니라고 했다. 사람은 비싼 돈을 주고 산 물건에도 금방 싫증을 내기 때문이다. 어마어마한 돈을 들여 집을 사도 기쁨은 첫 한 달뿐이다. 다음 달부터는 그저 몸을 누이는 평범한 집으로 바뀐다.

　미국 심리학자 에드 디너는 "한국인들의 낮은 행복감은 지나친 물질주의 때문"이라고 했다. 행복은 사람과의 인연을 두터이 하고, 뭔가 새로운 것을 배우는 데 도전을 하고, 삶의 의미와 목적을 분명히 인식하고, 하루의 생활에도 만족할 줄 아는 데서 온다는 것이다. 그러나 한국인은 돈을 행복의 절대적 전제조건으로 여기는 경우가 많다는 얘기다. 그는 이대로 가다가는 한국이 더 부자 나라가 되더라도 마음에 차오르는 기쁨과 여유를 누리지 못할 거라고 했다.

　지난해 삼성경제연구소가 경제협력개발기구(OECD) 회원국의 중산층 비율을 비교 분석한 결과가 국가적·사회적 반향을 불러일으켰다. 한국이 21개국 중 최하위권인 18위로 나타났기 때문이다. 이런 결과가 발표되자 인터넷상에 '중산층 별곡(別曲)'이란 것이 떠돌아 화제가 됐었다.

'중산층 별곡(別曲)'에 의하면 우리나라의 중산층 기준은 '부채가 없는 30평대 아파트를 소유하고, 월급은 500만 원 이상이 되고, 2000cc급 중형차를 소유하고, 예금을 1억 원 이상 보유하고, 해외여행을 연 1회 이상 다녀야' 한다는 것이다.

우리와 달리 프랑스의 중산층 기준에는 돈 문제가 빠져 있다. '외국어하나 정도를 구사할 수 있어야 하고, 직접 즐기는 스포츠와 다룰 줄 아는 악기가 있어야 하며, 남들과 다른 맛을 낼 수 있는 요리를 만들 수 있어야 하고, 사회적 공분에 의연히 참여하고, 약자를 도우며 봉사 활동을 꾸준히 할 것'이다. 이는 조르주 퐁피두 대통령이 1969년 대선 때 공약집에 제시한 내용이다.

영국이나 미국의 경우는 프랑스보다 더 추상적이다. 영국은 '페어플레이를 할 것, 자신의 주장과 신념을 가질 것, 독선적으로 행동하지 말 것, 약자를 두둔하고 강자에 대응할 것, 불의·불평·불법에 의연히 대처할 것'으로, 옥스퍼드 대학에서 제시한 중산층 기준이라 한다. 미국의 공립학교에서 가르치는 중산층의 기준은 '자신의 주장에 떳떳하고, 사회적인 약자를 도와야 하며, 부정과 불법에 저항하고, 테이블 위에 정기적으로 받아보는 비평지가 놓여 있어야' 한다고 한다.

한국은 물질적 '소유 개념'을 기준으로 삼는 데 비해 프랑스나 영국·미국은 경제적인 요소는 아예 없고, 사회적 존재로서의 역할을 주문하는 내용이 대부분으로 '존재 가치'에 치중하고 있다. 물론 이것은 한국의 경우 출처가 불분명하고 단순 비교도 어려운 주제이지만 이런 기준이 사실이라면, 우리 중산층 기준은 부끄럽기 짝이 없다. 한편으로는 사실 여부를 떠나 중산층 별곡을 보면서 우리나라 중산층은 삶의 질 즉 문화 활동 내지는 사회적 활동보다는 물질적 소유에 치우친 잣대만을 내세운 것이 사실이 아닌가 하는 자괴감이 든다.

중산층을 보는 관점이 왜 이렇게 다른 것일까? 프랑스 사람들은 형이 상학적이고 고상한데 우리는 유독 배금주의에 젖어서 그런 건 아닐 것이다. 다름 아닌 복지 수준 때문이다. 직장을 잃거나 실패를 해도 인간적 삶을 유지할 수 있는 복지 선진국과 사회안전망도 갖춰지지 않은 복지 후진국의 중산층 개념이 같을 수 없다. 중산층 기준은 계층을 나누는 척도이면서 평균적 삶의 기대치이기도 하다. 퐁피두 대통령은 보편적 복지 위에 중산층의 기준을 세웠고, 한국의 직장인들은 아등바등하는 생존경쟁 위에 그나마 경제적으로 안정된 모습을 그린 것이다.

조선시대 중산층 기준은 ①두어 칸 집에, 두어 이랑 전답 소유 ②겨울 솜옷과 여름 베옷 두어 벌 소유 ③서적 한 시렁, 거문고 한 벌, 햇볕 쬘 마루 하나, 차 달일 화로 하나, 늙은 몸 부축할 지팡이 하나, 봄 경치 찾아다닐 나귀 한 마리 보유 ④의리와 도의를 지키며 나라의 어려운 일에 바른말을 하고 사는 것이었다. 이 얼마나 멋진가. 조목조목 따져보면 프랑스나 영국의 중산층 기준과 별 다른 바 없다. 옛날 선비들은 이랬는데, 일제강점기와 6·25 전쟁을 거치면서 시대의 굴레에 국민의식이 천박해진 것이다.

종이를 함부로 버리면 혼이 나던 시절이 있었다. 화장지는 신문을 잘라 썼는데, 얇고 부드러운 금은방의 일력(日曆) 종이가 최고였다. 그래서 연말연시가 되면 달력을 더 얻으려는 사람들로 금은방은 때 아닌 성시를 맞았다. 두꺼운 달력은 교과서 겉장으로, 몽당연필은 볼펜 끝에 끼워 썼다. 양말과 속옷은 꿰맸고, 닳아빠진 무릎과 팔꿈치엔 헝겊을 덧댔다. 책가방은 6년을 쓰고도 동생에게 대물림됐다. 둘째 셋째는 새 옷, 새 신발, 새 학용품을 써보는 게 소원일 정도였다. 그래서 모두들 가난에서 해방되어 부자가 되고 싶어 하는 물질주의에 함몰됐다.

선진국에도 '쪼그라든 중산층(Squeezed Middle)'이라고 '옥스퍼드 사전'이 2011년 선정한 '올해의 단어'가 있다. 미국에서 시작된 금융 위기가 전 세계 경기 침체로 번진 여파가 실생활에서 확연히 드러났기 때문이다. 대부분의 나라가 높은 실업률과 인플레이션에 시달리면서 중산층이 눈에 띄게 감소했다는 설명이 덧붙여졌다. 이에 따라 세계적으로 국민이 평균적인 삶을 살기 어려워졌다는 분석이다.

중산층은 국민교육을 바탕으로 건전한 시민의식 아래 권리와 의무를 지키는 계층으로 민주사회의 주춧돌이다. 또한 중산층은 부유층과 빈곤층으로 나눠져 있는 자본주의 사회에서 위아래 어느 한쪽으로 쏠리는 것을 막아주는 사회통합과 정치안정을 위한 안전판 역할을 해준다. 한국 사회에서도 고질적인 계층, 지역, 학벌, 이념, 세대, 성 사이의 갈등을 완화하는 데 허리로서 완충 기능을 수행할 수 있다.

이제 우리도 민주주의 사회를 지탱하는 중산층의 패러다임을 바꿔야 한다. 돈만 있다고 중산층이라고 할 수는 없다. 부동산 투기로 졸부(猝富)가 된 천박한 부자들을 우리는 상류층으로 보지 않는다. 높은 사회적 신분에 상응하는 도덕적 의무인 '노블레스 오블리주(noblesse oblige)'를 이행해야 진정한 상류층인 것이다. 따라서 청빈하게 살던 조선 시대 선비처럼 가난하지만 품위를 지키며, 세금을 꼬박꼬박 내고, 병역의무도 성실히 하고, 공중도덕을 지키는 등 사회적 윤리를 지키고, 약한 자를 도우며 봉사 활동을 꾸준히 해야 할 것이다.

그런데 우리는 행복지수를 화폐적인 숫자로만 재려고 한다. 행복은 눈에 보이는 숫자가 아니다. 1인당 국민소득 2만 불을 넘어 선진국으로 진입하고 있는 우리도 이제는 돈만 추구할 것이 아니라 '삶의 질'을 높여야 한다. 결과보다는 과정을 중시하고, 보수와 진보 측 신문을 하나씩 구독하고, 위트와 유머를 즐기며, 스포츠나 악기를 하나 이상 다룰 줄 안다면 이것이 우리가 추구해야 할 중산층이 아닐까 생각한다.

# 이제 아들 낳으면
# 한숨부터 나온다

우리나라는 전래로 아들 선호 현상이 극심했다. 고려시대까지는 딸·아들을 별로 구별하지 않았는데, 조선조에 들어와 국교나 다름없는 성리학과 조상에 대한 제사를 숭상하는 주자가례의 영향으로 여자는 사람 취급을 하지 않았다. 제사를 지내 줄 아들이 반드시 있어야 했고, 아들을 생산하지 못하면 심지어 쫓겨나기까지 하는 등 여권은 철저히 무시당했다. 아들을 못 낳으면 아들을 낳을 때까지 능력껏 출산을 하였다. 그래서 칠 공주에 외아들이 많은데 무슨 까닭인지 딸을 낳기 시작하면 일곱까지 낳는 예가 많았다.

세상에 영원한 것은 없고 만사는 돌고 돌아 음지가 양지가 되고 쥐구멍에도 볕 들 날이 오게 마련이다. 산업화와 더불어 여자들도 거의 고등교육을 받게 됨에 따라 여권은 서서히 신장되어 지금은 사법고시 합격자의 40%가 여자이고, 외무고시는 60%이며 육사, 공군사관학교는 몇 년째 여자가 수석 졸업을 하고 있다. 가히 여성전성시대가 도래한 것이다. 따라서 이제는 딸만 낳아도 아들을 바라지 않고 단산하는 경우가 많다. 하기야 제사도 점차 사라지고 있으니 아들이 없어도 문제될 것이 없다.

19세기까지 유럽에서는 딸을 행세깨나 하는 가문에 시집보내려면 지참금을 딸려 보내야 했다. 당시 미국에선 신부 아버지가 딸 혼사를 처음부터 끝까지 책임졌다. 어떤 남자를 사위로 받아들일지 말지, 혼사 날짜, 장소, 형식을 어떻게 할지 모두 신부 아버지 맘대로 했다. 혼사에 들어가는 비용도 거의 신부 아버지가 부담했다. 신랑 부모에게는 한 푼도 기대지 않았다.

요즘은 물론 많이 달라졌다. 미국 결혼정보회사에 제일 많이 쏟아지는 질문은 "결혼식 때 누가 비용을 대느냐"라고 한다. 대개는 조목조목 관례 같은 게 있다. 미국 신랑이 비용을 부담하는 예식 목록은 열두 가지쯤 된다. 그중 목돈이 들 데는 신혼여행, 결혼 전날 가족만찬인 '리허설 디너' 정도다. 주례에 대한 사례는 신랑이 한다. 신부는 피로연 파티, 초청장 인쇄와 발송, 사진 촬영비를 부담한다. 식장 꽃값은 신부가 부담하는데 신부 부케를 신랑이 준비하는 게 특이하다. 예물 반지는 서로 주고받는다. 지난해 미국은 신혼여행 경비를 뺀 평균 결혼 비용이 2만 7000달러(약 3천만 원) 정도라고 한다.

미국과 우리나라는 결혼 비용을 따지는 셈법이 다르다. 미국의 신혼부부는 대부분 월세로 시작하므로 미국 커플에게 '결혼 비용'은 그냥 '결혼식 비용'이다. 우리는 전세금이 절반 넘게 차지한다. 2000년 신랑 쪽이 들인 평균 집값이 4,600만 원쯤이었다가 2003년에는 두 배가 됐다. 자고 일어나면 집값이 뛰었다. 부모는 아들 혼사에 기둥뿌리가 뽑힐 지경이었다. 2007년 신혼부부 한 쌍의 결혼 비용이 1억 7000만 원이 넘었다. 신혼 집값에 1억 8백만 원이 들어간 것이다. 요즘은 전세금이 주택 매매가의 80%에 육박한다니 신랑 아버지의 한숨이 눈에 보이는 듯하다.

한국보건사회연구원의 발표에 의하면 2012년 평균 결혼비용이 남자는 9,588만 원, 여자는 2,883만 원으로 아들 장가보내기가 딸 시집보내기보다 세 배쯤 더 들었다. 신부 부모는 예단과 혼수 때문에 허리가 휘고, 신랑 부모는 아들 집값 장만할 걱정을 하느라 잠이 안 온다.

70·80세대는 단칸방에서 신혼을 시작하는 것을 당연한 것으로 알았고 이마저도 당사자가 해결하는 것이 다반사였는데 요즘 젊은이들은 참으로 염치가 없다. 아니면 부모의 과보호이거나 자기가 한 고생을 자식에게 까지 대물림해 주고 싶지 않다는 부모의 갸륵한 마음일 수도 있다.

젊은 세대는 부모 모실 생각은 하지 않으면서 급하면 부모의 재산을 제 예금통장인 양 꺼내 쓰려고 한다. 자식 이기는 부모 없다고 자식이 집을 산다고 하면 부모는 눈물을 머금고 자기의 노후를 포기하면서 아들을 도와준다. 그러나 내 인생이 중요한 것이다. 더 이상 희생하는 사람은 바보다. 이만큼 힘들게 인생항로의 파도를 헤쳐 왔으면 이제는 내 인생을 즐길 권리가 있는 것이다. 이것은 광의로 해석하면 헌법이 보장하는 '행복추구권'이다. 노년은 더 이상 가시나무새가 되어서는 안 된다.

# 언젠가 올 그날을
# 생각해 두자

최근에 영화 세 편을 보았다. 〈아무루(Amour, 사랑)〉와 〈콰르텟(Quartet, 4중창)〉 그리고 〈송 포 유(Song for You)〉이다. 세 영화의 공통점은 주연이 모두 80대이고 노년의 생활과 죽음을 다루었다는 점이다.

〈아무루〉는 프랑스어로 '사랑'이란 뜻이다. 행복하고 평화로운 노후를 보내던 음악가 부부는 부인이 어느 날 갑자기 마비 증세를 일으키면서 그들의 삶은 하루아침에 달라진다. 부인은 자존심 때문에 요양원에 가기를 거부하고 늙은 남편은 반신불수가 된 아내를 헌신적으로 돌본다. 부인은 점점 병세가 악화되어 말을 할 수 없는 지경에 이르고, 지친 남편은 부인을 너무나 사랑하기에 부인의 자존감을 지키기 위해 베개로 부인을 질식사시키고 자기도 스스로 목숨을 끊는다는 줄거리다.

〈콰르텟〉은 왕년의 전설적인 음악가들이 은퇴하여 실버하우스에 모여 살며 넓은 거실에서 매일 연주와 성악 연습을 한다. 그런데 어느 날 과거 사랑의 상처를 가슴에 묻고 살아가는 테너 가수의 옛 부인인 바람둥이 소프라노가 예고도 없이 나타나 입주하게 되어, 서로의 자존심 때문에 우여곡절 끝에 자선음악회에서 4중창을 부른다는 얘기로 노년의 사랑을 다루었다.

〈송 포 유〉는 삶이 얼마 남지 않은 초 긍정 부인이 마지막까지 합창대회 오디션을 위해 연금술사(연금으로 술술 사는 사람들) 합창단에서 열혈연습을 하는데 남편은 부인의 건강을 염려하여 합창 연습을 말린다. 그러던 어느 날 부인은 끝내 대회에 오르지 못하고 세상을 떠나는데 원래 성악가였던 남편이 합창단에 합류하여 상까지 받는다는 얘기다.

세 편의 영화는 70을 넘기고 있는 노년에게 많은 것을 시사하고 있다. 출연자의 90% 이상이 80대로 한 영화가 집중적으로 요즈음 만들어진 점도 100세 장수시대와 무관하지 않은 듯하다.

70을 넘기고 있는 노년들이 걸리지 말아야 할 병이 세 가지가 있다. 뇌졸중 즉 풍이 하나이고, 암이 둘이고, 치매가 셋이다. 이 중 가장 고약한 것이 치매다. 암과 풍은 본인이 자각할 수 있는 질병이니 자기 자신이 아프고 고통을 받는 데 그칠 수 있다. 이에 반해 치매는 본인이 전혀 인식을 하지 못하기 때문에 본인 입장에서는 가장 행복(?)할지 모르지만 가족에게는 막대한 피해를 입힌다.

죽음은 피할 수 없는 것이다. 빠르고 늦을 뿐, 병들어 죽거나 사고로 죽거나 형태만 다를 뿐 인간은 언젠가는 모두 죽는다. 그럼에도 내게만은 죽음이 오지 않을 것같이 생각한다. 인간은 영원히 살 것처럼 살아간다. 머리로는 누구나 죽는다는 것을 잘 알고 있지만 내가 죽는다는 사실에 대해서는 마음으로 받아들이지 못한다. 그래서 막상 죽음의 문턱에 이르렀을 때는 아직 죽을 준비가 되지 않았다며 저항한다. 대다수의 사람들은 죽음의 준비에 아무런 관심이 없다.

건강한 70대라도 의학적 치료에 관한 의사 결정 능력이 있을 때 자신의 의사표시를 미리 해 놓는 것이 좋다. 당장에 죽을병에 걸리지 않았더라도 '사전의료의향서'를 써 놓는 것이 좋다. 언제 어디서 사고를 당하여 뇌사 상태에 빠질 수도 있기 때문이다. 연명 치료만을 위한 심폐소생술이나 인공호흡기는 병원 좋은 일만 하는 것이지 가족에게는 형벌이나 다름없다.

한국인의 정서로는 매정하게 들릴지 모르지만 특히 치매에 걸리면 즉시 요양원에 보내되 특별한 용무 외에 의무적인 면회는 오지 말라고 유언장을 써 놓을 것을 권한다. 치매에 걸리면 어차피 가족이나 친구를 알아보지 못할 것이기 때문이다. 그래야 가족의 피해를 조금이라도 줄여 줄 수 있고 심적 부담도 덜어 준다.

그리고 최근 장례의식이 허례허식과 고급화로 치닫고 있기 때문에 유족에게 불필요한 경제적 부담을 주지 않게 하기 위하여 '사전장례의향서'도 써 놓는 것도 좋다. 상을 당하면 해야 할 여러 가지 절차를 미리 써 놓자는 것이다. 제갈공명이 위급 시 열어 볼 주머니를 주는 것처럼 말이다. 부고를 알릴 전화번호라든지 수의와 관의 등급, 장례식장의 선택 등을 미리 정해 놓는 것이 좋다. 따르고 안 따르고는 자녀의 몫이다. 제일 중요한 것은 장지이다. 70대쯤 되면 장지를 준비해 놓아야 한다. 선산이 있어도 서울에서 너무 멀거나 벌초에 애로가 있으면 화장을 하여 교통이 편리한 공원묘지로 정하는 것도 좋다.

유비무환이라고 했다. 노년에게 다가오고 있는 그날을 미리 생각해 보고 준비하는 것이 필요하다. 삶 속에서 죽음의 사색을 놓지 않고 살아갈 때 비로소 좋은 삶으로 살아갈 수 있을뿐더러 궁극적으로 아름다운 죽음의 기회를 얻을 수 있다. 죽음은 인생의 완성이다. 죽음을 만날 때 태연히 죽을 수 있다는 것은 생사가 공포가 아닌 그것을 초월한 삶을 누렸다는 증거가 되기 때문이다. 죽음은 자연의 현상이다. 태어났다는 것은 죽음을 전제로 한 것이다. 따라서 각자 주어진 삶에서 사람답게 사는 게 중요하다. 죽음 준비는 당장 죽을 준비를 하자는 것이 아니며 어떻게 죽을지 그 방법을 미리 생각하고 실천하자는 것이다. 언제, 어디서, 누구에게 다가올지 모르는 죽음에 대해 성찰하면서 지금 내가 살아가는 방식을 진지하게 돌아다보고 깊이 들여다보자는 것이다.

# 고령층은 언제나
# 일을 할 준비가 되어 있다

정부에서 고용관계법을 고치면서 50세 넘은 준(準)고령자와 55세 이상 '고령자'를 합쳐 '장년(長年)'으로 바꿔 쓰기로 했지만 별 호응을 받지 못하고 흐지부지되고 말았다. 장년(壯年)과 혼동이 되는 때문이다. 장년이란 원래의 뜻은 사람의 일생 중에서, 한창 기운이 왕성하고 활동이 활발한 서른에서 마흔 안팎의 사람을 말한다. 영어로는 'prime of life'라고 한다. 그야말로 prime이란 뜻은 '전성기, 주요한, 가장, 한창'이 아닌가. 사람의 일생은 유년→청년 →장년→중년→노년의 순서로 흘러간다. 그러나 이제는 노년은 국어사전의 패러다임에서 벗어나고 있다.

일본 후생성은 50에서 69세까지는 알차게 결실을 맺는 연배라고 해서 실년(實年)이라고 부른다. 70이 넘으면 성숙했다는 뜻으로 숙년(熟年)이라고 한다. 중국에선 50대가 숙년이고 60대는 장년(長年), 70대 이상은 존년(尊年)이라고 부른다.

미국에선 노인(old man) 대신 '더 나이 든 사람(older man)'이라는 표현을 쓴다. '나이 든 시민(senior citizen)'과 '황금 연령층(golden age)'도 노인을 대신하는 말이다. 프랑스에선 60 넘은 사람을 '제3의 인생'이라고 부른 지 오래다. 요즘 미국에서는 80 노인을 Active Senior 세대라고 부른다. 즉 우리말로 '신 중년층, 신 장년층'이라고 표현할 수 있다. 오늘의 70·80 노인은 어제의 70·80 노인이 아니라는 뜻이다.

노인(老人)의 사전적 의미는 나이 들어 늙은 사람으로 죽음을 기다리는 나약한 존재로 여겨지기 쉽지만, 시니어(Senior)란 말은 과거 로마시대의 군대에선 '가장 숙련된 용사'를 뜻하는 말이었다. 미국 시카고 대학의 저명한 심리학 교수인 버니스 뉴가튼(Bernice Neugarten)은 80세까지는 아직 노인이 아니고 과거의 노인과는 다르고 과거의 같은 세대에 비해 훨씬 젊고 건강한 신 중년 또는 젊은 고령자쯤으로 해석한다. 심리학자와 과학자들은 40~60대의 뇌가 청년의 뇌보다 더 똑똑하다는 실험 결과를 잇달아 내놓고 있다. 기억과 계산 능력은 뒤처져도 경험과 전문 지식 덕분에 추론(推論)과 판단 능력이 훨씬 앞선다고 한다. 장년은 인생이라는 마라톤에서 반환점을 막 지나쳤을 뿐이다.

신 중년이란 말이 생겨났다. 이는 만 60~75세로 최근 체력과 지력(知力), 사회적 측면에서 새로운 60대 이상 연령층이 등장했다. 일부 전문가들은 '100세 장수시대'를 맞아, 인생 후반 50년의 절반 지점인 75세까지는 활동기로 보아야 한다고 분석한다. 정부는 지난해 중장기 정책과제 보고서를 통해 정책 대상 고령자 기준 나이를 70~75세 이상으로 높이자는 의견을 내놓은 바 있다.

초 고령사회(super aged society)로 진입할 조짐을 보이고 있다. 이미 장수국으로 진입을 했고, 반면 새로 수혈되는 인구는 급격이 줄어들고 있다. 여성 1인당 출산율은 1.08명으로 세계 최저다. 평균수명의 급격한 증가와 세계 최저 수준의 출산율은 우리 한국 사회를 빠르게 고령화시키고 있다. 이 정도면 세계 최고의 고령화 스피드다.

그래서 세계 최장수 국가인 일본에서는 최근 장수시대의 실상을 반영하여 '0.8 곱하기 인생'이라는 나이 계산법이 있다. 현재의 나이에 0.8을 곱하면 그동안 우리에게 익숙한 인생의 나이가 된다는 것이다. 예를 들어 현재 80세인 사람은 과거의 64세인 사람과 비슷하다는 것이다. 무엇보다도 건강이 비슷하다는 것이다. 오늘의 70세는 56세인 셈이다. 현재 미국과 일본에서는 '80세에서 병이나 허약체질, 소위 노인병으로 일상생활을 할 수 없는 사람은 5% 미만'이라고 한다. 이는 우리나라도 크게 다르지 않다. 그래서 70세 이후의 사람들을 보호해야 할 대상으로 생각해서는 안 된다는 것이다.

오늘의 노인들은 풍부한 경험의 소유자들이다. 국내외 새로운 시장을 개척하며 실패도 성공도 많이 겪었던 사람들이다. 어쩌면 노련함과 경륜으로 향후 한국 미래의 주역이 될 세대다. 이젠 우리도 최장수국이다. 거리에는 젊고 건강한 노인들로 넘쳐나고 있다. 특히 50년대, 60년대에 태어난 소위 베이비부머라고 칭하는 장년층 인구가 향후 노인층으로 급격히 전환될 것이다.

이들 신 중년세대는 과거 80년대, 90년대 우리나라 경제를 부흥시킨 주역들로 현재 우리나라에 약 800만 명에 달한다. 이는 전체 인구의 16.8% 수준이다. 이들은 한국 전체 토지 시장의 42%, 건물 시장의 58%를 보유하고 있는 것으로 알려졌다. 이들은 또다시 이 나라의 경제 부흥의 견인차 역할을 하는 영향력 있는 매우 중요한 세대가 될 것이다. 다시 경제 현장에 복귀하거나 재직을 연장할 때, 그리고 소비 시장에 본격적으로 등장할 때 우리 사회는 엄청난 동력을 얻게 된다. 침체에 빠진 한국 사회를 또다시 건져줄 것이기 때문이다.

1938~1953년 사이에 태어난 신 중년들은 대부분 정년을 마친 나이에도 일하고, 봉사하고자 하는 의욕으로 충만되어 있다. 통계청에 따르면 60세 이상의 경제 활동 참가율은 1990년 35.6%에서 2012년 38.4%로 20년 만에 8%가 신장됐다. 신 중년들은 성장 시대를 겪어서인지 근로에 아주 긍정적인 세대로, 일의 보람이나 의미만 찾을 수 있다면 아주 적극적으로 나설 준비가 되어 있다.

요즘 중장년의 구직자들의 상당수는 '고(高)학력, 다(多)경력'의 스펙으로 고용시장에 뛰어들고 있다. 헤드헌팅회사에 의하면 "요즘 구직하는 신 중년들은 명문대를 나와 대기업이나 공기업, 다국적기업에서 임원을 지낸 사람들도 중견·중소기업에 취업하려는 경우가 많다"며 "연봉이나 지위는 불문하고 봉사할 수 있게만 해 달라"는 분도 있다고 한다. 지방대 총장 출신인 모 씨(72세)는 헤드헌팅회사에 "보수·직위는 전혀 개의치 않고 마지막 열정과 꿈을 달성할 수 있다면 어떤 일이든 하겠다"는 편지를 보내기도 했다.

고령층은 연륜과 혜안을 가지고 있으며 세상의 역경을 겪으면서 얻은 세계관과 역사의식을 갖고 있다. 그리고 뼈저린 가난을 겪으면서 얻은 철학과 현장 경험이 있다. 그들이 이제 '뒷방 늙은이'로 '조용한 걸음'의 인생을 사는 것은 옛말이 되고, 이 말은 역사의 뒤안길로 사라져야 한다.

신 중년의 인구 비중만 놓고 보면 현재 우리나라는 일본이 '잃어버린 20년'에 진입하는 시기와 비슷하다. 신 중년 문제를 복지로만 볼 게 아니라 이들을 일하게 함으로써 국가 경제의 또 다른 동력으로 삼는 접근이 필요하다. 일본의 60세에서 74세의 인구 비중은 지난 8월 기준 잠

정치는 20.4%이고, 우리나라는 609만 명으로 12% 수준이다.

일본이 신 중년, 특히 단카이 세대(2차 세계대전 직후 태어나 1970~1980년대 고도성장을 이끈 베이비붐 세대) 문제를 제대로 다루지 못하면서 일본 전체가 소비 침체로 이어졌다. 단 이 세대 등 신 중년은 어느 세대보다 부동산 등 자산이 많은 세대로, 60세 은퇴 이후 일자리와 수입이 사라지는 상황에서 미래에 대한 불안감으로 돈을 벌던 시기엔 왕성하게 소비했지만 은퇴 후 노후 생활에 대한 불안감 등으로 지갑을 닫고 소비를 줄이면서 일본 경제는 활력을 잃은 바 있다.

일본은 5~6년 전부터 정년 연장 등으로 신 중년에 일자리를 제공하고, 중년 스타일에 맞춘 이른바 유니버설 스타일 등의 상품이 나오면서 시니어(신 중년)들이 조금씩 돈을 쓰기 시작했다.

또 노인인력개발원에 따르면, 신 중년이 새로 일을 시작하면 건강 증진 효과가 발생하면서, 의료비를 20% 정도 아낄 수 있는 것으로 추산된다. 현재 연간 16조 원 정도가 60세 이상 고령층에 건강보험 급여가 지급되는 것을 감안하면, 연간 2,000억 원 가량 건강보험 급여를 아낄 수 있다.

켄터키 후라이드 치킨의 창업자 할랜드 샌더스(Harland David Sanders, 1890~1980)는 65세에 압력솥을 이용한 닭튀김 요리법을 개발하여 이 기술의 계약을 위해 3년간 미국 전역의 1,009개 음식점을 찾아 다녔지만 번번이 거절당한 끝에, 68세 때 1,010번째 찾아간 음식점에 첫 계약을 맺었다. 그 후 8년을 더 전국을 돌면서 잠은 차에서 자고 세면은 고속도로 휴게소에서 하면서 노력한 끝에 미국 내에 600여 개의 체인점 확보에 성공했다. 이렇게 시작한 KFC가 지금은 전 세계 105여 개 국가에

1만 7천여 곳의 매장을 지닌 세계적인 프랜차이즈 브랜드로 대성공을 거두었다. 샌더스는 11년간에 걸쳐 1천 번이 넘는 도전을 하여 성공한 것이다.

괴테는 80세에 『파우스트』를 완성했고, 베르디는 80세에 희극 오페라 〈팔스타프〉를 내놓았다. 아버지 부시 전 미국 대통령은 80회와 85회 생일에 4,000m 상공에서 낙하산으로 뛰어 내리면서 "80세에도 할 일이 많다"고 말했다. 미국 레이건은 70세에 대통령에 당선되어 재선에 성공하여 78세에 대통령직에서 물러났다. 레이건은 냉전을 승리로 이끌어 구소련을 와해시켰고, 미국의 위대함을 누구보다도 잘 실현한 대통령으로 평가받고 있다. 80대까지 왕성한 정치력을 행사한 전 영국 수상 윈스톤 처칠이나 남아공의 전 대통령 넬슨 만델라, 리콴유 전 싱카포르 총리 등의 주름살 진 얼굴은 그 나라 국민은 오히려 매력으로 받아들였다. 그들의 주름살에 역사를 사는 지혜와 용기 그리고 인품이 스며 있기 때문이다.

한국 사회의 고령층은 언제나 일을 할 준비가 되어 있다. 이들의 고용률이 한번 올라가면 그 경제적 효과는 1년에 그치는 게 아니라 계속 이어질 것이다. 정부에서는 장년(55세 이상)을 고용한 기업은 정부 지원금을 주기로 했는데 고령자 층을 복지의 대상으로만 보호할 것이 아니라 재취업의 기회를 더 열어 주는 정책을 펴야 하고, 기업에서는 고령층의 풍부한 경험과 지혜를 활용하는 일자리를 많이 만들어 주어야 할 것이다.

# 무의미한 생명 연장 치료는
# 하지 말아야

미국에서는 생명이 위급하게 됐을 때 심폐소생술이나 인공호흡기, 영양 공급 장치에 매달리지 않고 아기가 엄마 젖을 떼듯 천천히 약을 줄이며 눈을 감겠다는 '슬로 메디신(Slow Medicine)' 운동이 번지고 있다. 즉, '죽음의 질(Quality of Death)'을 높이자는 것이다.

우리나라는 한 해 25만 명이 죽음을 맞고 거의 대부분 병원에서 생을 마감한다. 그런데 의사나 환자나 환자 가족은 치료에만 관심이 있지 어떻게 죽음을 맞을 것인가에 대해 얘기하기를 꺼린다. 의사들은 "나는 환자의 건강과 생명을 첫째로 생각한다"라는 히포크라테스 선서에 충실해 자기 의학 지식과 기술을 총동원해 환자의 생명을 늘리는 걸 사명으로 여기며 최선을 다한다. 목숨을 연장하기 위해 때론 환자 입장에선 고문에 가까운 시술이 동원되기도 한다. 여기에는 형법상의 제재와 병원 측의 수익 문제도 원인이 되기도 한다.

중환자실에서 맞는 죽음이야말로 환자나 가족들이 가장 피하고 싶은 죽음일 것이다. 중환자실은 각종 기계의 숲이다. 중환자실을 오가는 사람들은 온통 모자와 마스크를 쓰고 있다. 마지막 순간을 가족과 함께하기도 좀체 힘들다. 그런데도 환자나 가족들은 끝까지 치료를 받으려고 한다. 의사들의 말에 의하면 평소 빨리 죽고 싶다는 사람도 막상 병원에 오면 하루라도 더 살게 해 달라고 의사에게 매달린다고 한다.

한국인들은 평생 지출하는 의료비의 50%를 죽기 전 한 달, 25%를 죽기 전 3일 동안 쓴다고 한다. 많은 선진국에선 "나는 무의미한 생명 연장 치료를 원치 않는다"는 문서를 미리 써두면 나중에 말기에 이르렀을 때 의료진이 그가 써둔 의사(意思)에 따라 조치를 하는 제도가 자리 잡았다. 이를 '사전의료의향서(事前醫療意向書, Advance Medical Directives)'라고 한다.

죽음에 임박한 상황에서 어떤 일이 일어나리라는 것은 누구나 예상하거나 가정할 수 있다. 따라서 지금 의학적 치료에 관한 의사(意思) 결정 능력이 있을 때 자신의 의사표시를 미리 해 두어야 한다. 그리고 그러한 자기의 의사(意思)를 가족들에게도 알려주어 가족들도 평소 마음의 준비를 할 수 있도록 도와주는 것이 대단히 중요하다.

죽음의 질에 대하여 한 가지 사례를 소개하고자 한다. 자녀 여섯 명 중 다섯 명은 하버드대, 한 명은 예일대를 나와 모두 성공한 어머니 전혜성 박사의 얘기다. 그녀는 남편이 뇌졸중이 점점 악화되어 임종이 다가올 즈음 병상에서 남편에게 과거의 즐겁고 좋았던 추억만 얘기해 주었다고 한다. 그러니까 남편은 아내와 함께해서 행복했던 순간에 대해 얘기했고, 아내가 있었기에 아이들을 잘 키울 수 있었고 어려운 일이 많았지만 아내가 있어 극복할 수 있었다고 화답했다고 한다.

죽음에 임박한 상황을 대비하여 생명의 연장 및 특정 치료 여부에 대해 자신의 의사를 서면으로 미리 표시하는 '사전의료의향서'를 미리 작성해 두면 훗날 죽음에 임박했을 때 본인은 물론 담당 의사(醫師) 및 가족들에게 크게 도움이 될 것이다. 그리고 자기가 살아온 인생을 마감하는 방식을 자기 스스로 결정하는 것은 인간이 마지막으로 누릴 수 있는 행복일지도 모른다.

# 나이가 들수록
## 〈빠삐따〉를 지키자

모임에 가면 여러 가지 건배사가 있다. 나이가 드니까 한동안 〈99 88 234〉(99세까지 팔팔하게 살다가 2, 3일만 앓고 死 '4'자)가 유행하더니 장수가 축복인가 저주인가에 대한 인식이 번지자 이 건배사도 시들해졌다. 다음에 나온 것이 인생에 대한 성찰이 대두하자 좀 더 사랑할걸, 좀 더 즐길걸, 좀 더 베풀걸, 이라는 〈껄껄껄〉이 등장했다. 이 밖에도 변치 말고 사랑하고 또 사랑하자는 〈변사또〉, 무척이나 화려했던 과거를 위하여, 라는 〈무화과〉, (나이는 숫자에 불과하니) 나이야 가거라, 라는 〈나이아가라〉, 당당하고 신 나게 멋지게 져 주며 살자는 〈당신 멋져〉 등등 수많은 건배사가 명멸했다. 나는 이 수 많은 건배사 중에 〈빠삐따〉가 제일 마음에 든다. 빠지지 말고, 삐치지 말고, 따지지 말자는 뜻이다.

먼저 '빠지지 말자다. 노년을 잘 보내려면 건강, 돈, 취미 생활, 화목한 가정 못지않게 중요한 것이 친구다. 인간은 사회적 동물이고 친구 없는 노년은 삭막하기 그지없다. 인생의 의미가 없는 것이다. 노년에 있어 친구는 인생의 윤활유로 반려자 못지않게 중요하다. 괴테와 셰익스피어를 비롯하여 수많은 선현들이 노년에 있어서 친구의 중요성을 강조하였다.

나이가 들면 친구가 하나둘씩 사라진다. 반면에 친구를 새로 만드는 것은 무척 힘들다. 친구가 사라지는 까닭은 사별이라든지 지리적 격리라든지 여러 가지 이유가 있겠지만 모임에 빠지는 것이 가장 큰 요인이다. 관계를 유지하려면 자주 만나야 하는데 딴 약속이 있다든지 몸이 아프다든지 부득이한 사정이 있다면 모르겠는데 귀찮아서 모임에 안 나가면 문제가 크다.

그런 사람은 그때부터 늙기 시작하는 것이다. 등산 모임이나 바둑 모임 그리고 점심 모임 등에 적극적으로 참석해서 세상 돌아가는 얘기도 나누고 우정의 끈을 놓치지 말아야 한다. 만약 이 세상을 하직했을 때 친구 한 명 문상 오지 않는다면 인생을 헛산 것이다.

다음은 '삐치지 말자'는 것이다. 옛말에 "노인이 되면 어린 애가 된다"는 말이 있다. 천진무구해진다는 좋은 뜻도 있겠으나 노인이 되면 어린 아이와 같이 잘 삐친다는 것을 말하는 것이다. 나는 스스로 성격이 대범하다고 생각했는데 금년 들어 갑자기 잘 삐치는 것을 느낀다. 신체적 노화는 아직 느끼지 못하고 있고 더구나 정신세계는 수련의 힘인지 젊음을 유지하고 있다고 자부한다. 그런데 성격이 조금씩 변하는 것이 감지된다. 친구의 사소한 말 한 마디에 상처를 입고 집에 와서도 쉽게 잊히지 않는다. 집사람하고도 아무것도 아닌 일로 또닥거린다. 그리고 섭섭한 마음이 좀 오래간다. 내 자신이 점점 옹졸해지는 것 같고 집사람은 이런 나를 보고 밴댕이 속이라고 약을 올린다.

세 번째로 '따지지 말자'는 것이다. 위에서 말했듯이 노년이 되면 잘 삐치니까 따지면 급기야 언성이 높아진다. 이것은 재앙이다. 언성을 높이면 친구 하나를 잃고 만다. "안 만나면 되지. 내가 지한테 무슨 신세 질 일이 있나?" 하며 속상해 한다.

나는 친구와의 대화에서 상대방의 의견에 토를 달지 않는다. 그리고 내 말에 이견(異見)을 피력하면 나는 가급적 입을 다문다. 논쟁을 하지 않는다. 그저 허허 하고 웃어넘긴다. 소위 설왕설래를 피한다. 그렇다고 해서 친구들이 나를 무골호인으로 보지는 않는다.

　나는 모임에도 가급적 빠지지 않고 남과 따지지 않으려고 노력하는 데 자꾸 삐치는 병은 어떻게 치유해야 하는지 대책이 없다.

# 얼굴은
# 마음에서 묻어 나온다

링컨은 "사십 세가 지난 인간은 자신의 얼굴에 책임을 져야 한다"라는 말을 남겼다. 분명히 얼굴에는 그가 살아온 인생 여정의 그림이 나타나 있다. 과욕 없이 세상을 탓하지 않고 긍정적으로 베풀며 인생을 살아간다면 늙어 가더라도 얼굴은 점차 빛이 난다.

늙어 주름살은 고생의 흔적이 아니고 미소가 머물던 흔적이다. 얼굴은 분명히 자신의 삶이 담겨 있다. 얼굴은 마음의 거울이며 살아온 삶의 역사를 담고 있다. 슬픈 일이 많았다면 슬픔이 담겨 있을 것이고, 고통스러운 일이 많았다면 얼굴 어디엔가 고통이 배어 있다. 매사에 긍정적으로 밝은 마음을 가지고 살아온 사람은 나이가 들수록 그 얼굴에 빛이 나고 아늑함이 배어 나온다.

인생을 열정적으로 살아온 사람은 나이를 먹어도 늙지를 않는다. 나이가 들었다는 표시는 주름살과 흰머리가 아니고 삶에 대한 의욕 상실이다. 나이에 구애받지 않고 새로운 것에 도전하며 하루하루를 호기심과 희망을 잃지 말고 살아가면 보톡스나 주름 제거 화장품이 필요 없다.

# 나이가 들수록
# 옷차림에 신경을 써야

어제 친구의 빈소에 다녀왔다. 친구 좋아하고 술, 고스톱, 포커 좋아하던 친구였는데 10여 년 전 뇌졸중으로 쓰러져 거동을 못 하고 꾸준히 재활 치료를 하다가 1년 전에는 마침내 의식불명이 되어 요양병원에서 고생하더니 마침내 간 것이다. 살아생전 베푼 덕인지 많은 친구들이 문상을 왔다.

그런데 친구 네 명이 등산복 차림으로 장례식장에 왔다. 등산을 갔다가 비보를 듣고 곧장 왔다는 얘기인데 나는 그 친구들의 옷차림이 매우 못마땅했다. 임종이라면 모를까 문상은 분초를 다투는 것도 아닌데 최소한 집에 가서 옷을 갈아입고 빈소에 오는 것이 예의일 것이다. 더구나 그 친구들은 빈소가 무슨 술판인 듯 소주를 계속 마셔대며 와자지껄 떠들어댔다.

문상을 갈 때 복장은 화려하거나 밝은 옷은 피하고, 약간 어두운 계열이나 차분한 색상의 옷을 입어야 할 것이다. 꼭 검은색 양복을 입을 것까지는 없지만 가급적 검은색 넥타이를 매고 가는 것이 좋다. 이것이 고인에 대한 예의고 문상하는 사람의 품격도 높여 준다. 유럽이나 미국에서는 장례식에서 반드시 검은 양복에 검은색 넥타이를 맨다.

조선시대 양반(兩班)과 중인(中人) 그리고 상민(常民)은 갓과 두루마기가 없으면 외출을 하지 못했다. 물론 천민(賤民)들은 아무 옷이나 입었다. 개화가 되어 반상의 벽이 허물어지고 서구 문명이 들어옴에 따라 복장도 큰 변화를 가져왔다. 몇 년 전부터는 행사나 공식적인 자리가 아니면 넥타이를 풀고 흰 와이셔츠만 입는 것이 유행이 되었다. 복장이 자유스러워진 것이다.

하지만 장례식은 어디까지나 고인을 추모하는 예식이므로 복장에 신경을 써야 한다. 격에 맞지 않는 옷을 입고 빈소에 나타나는 것은 예의에도 어긋날뿐더러 스스로 얼굴에 먹칠을 하는 것으로 주위 사람의 눈시울을 찌푸리게 한다. 결혼식장도 마찬가지다. 넥타이까지는 매지 않아도 단정한 옷차림으로 참석해야 할 것이다.

서구에서는 포멀디너(정식 디너파티)에는 남자는 검은색 턱시도에 보타이를 매야 되고, 여자는 소매 없는 긴 드레스를 입어야 한다. 만약 평상복 차림으로 참석하면 남의 눈총을 받는 미운 오리새끼가 되고 당사자 스스로 위축된다.

크루즈 여행을 가면 선장 초청 디너파티가 있는데 이때 남자는 넥타이 차림을, 여자는 드레스를 입을 것을 주최 측에서 요구한다. 뉴욕에 근무할 때인데 중요한 행사의 공식파티에 초청을 받은 적이 있다. 초청장에 브랙타이(턱시도에 보타이를 뜻함)로 참석해 달라고 적혀 있었다. 옷가게에 가서 알아보니 값이 꽤 비쌌다. 빌리는 돈이 사는 값의 절반이나 되었다.

렌트비가 너무 비싸 한참 고민하다가 또 이런 초청이 있을지도 모르겠기에 구입을 하였다. 하지만 이런 기회는 다시 오지 않았고 한 번밖에 입지 않은 턱시도는 구박을 맞으며 지금도 옷장 한구석에 처박혀 있다. 버리기는 아깝고 바지는 트레이닝처럼 옆줄이 쳐져 있어 아무 쓸모가 없다. 지중해 크루즈 여행을 가서 한번 멋을 낼까 하는 생각도 가져본다.

나이가 먹으면 옷차림에 신경을 써야 한다. 여자가 예뻐 보이려고 화장을 하듯이 노년은 옷으로 화장을 해야 한다. 물론 화려하고 값 비싼 옷을 입으란 뜻은 아니고 아무렇게나 옷을 입지 말라는 얘기다. 주위 친구들을 보면 깔끔하게 옷을 입는 친구는 돋보인다. 그런데 대기업의 사장까지 한 어떤 친구는 상처를 하더니 점점 망가져 30년 전에 유행하던 체크무늬 골프바지를 입고 나타나는가 하면 항상 점퍼 차림이다. 본인은 편하겠지만 너무 궁해 보여서 안쓰럽다.

외식 한 번 하는 돈이면 유행하는 티셔츠 한 개를 살 수 있고 해외여행 한 번 가는 비용의 반의반이면 아내의 백화점 옷 한 벌을 사줄 수 있다. 여자는 나이가 먹을수록 우아한 옷을 입어 늙음을 품위 있게 치장해야 한다. 등산복에는 수십만 원을 투자하면서 외출복에는 무관심한 것을 나는 이해할 수 없다.

영국의 노인들은 집에서도 넥타이를 맨다. 물론 이것은 시대에 맞지 않지만 그 정신만은 한번 음미할 필요가 있다. 몇 년 전, 해인사 구경을 갔는데 해외여행 중인데도 단정하게 옷을 입은 일본인 노부부의 모습이 지금도 잊지 않는다. 그리고 유럽 노인들은 관광지에서도 콤비를 입고 다니는 것을 보고 깊은 인상을 받은 적이 있다.

옷은 자신을 화장하는 수단이며 자기의 품격을 나타내는 방법이므로 나이를 먹을수록 옷차림에 신경을 써서 남 보기에 좋은 인상을 주어야 할 것이다. 바지도 다려서 줄을 세우고 상하 옷의 색상 배합에도 신경을 써야 한다. 체크무늬 셔츠에 체크무늬 콤비를 입는 것은 패션 감각이 부족한 것으로 생각한다.

　지하철을 타거나 식당에서 다른 노년들의 옷차림을 유심히 관찰하는 것도 도움이 될 것이다. 직장에 다닐 때는 항상 정장 양복을 입으니까 옷차림에 신경을 쓸 필요가 없었지만 노년이 되면 여자가 외출 시 항상 갈등하는 것과 같이 무슨 옷을 입고 나갈까 한번 생각해 보는 것이 스스로 품위 있는 노년 대접을 받는 길이다.

# 죽기 전에 하고 싶은
# 일들의 목록을 만들어 보자

얼마 전 친구들과 등산 모임을 마치고 막걸리 한잔 나누는 자리에서 어느 한 친구가 '버킷 리스트' 얘기를 꺼냈다. 이제 우리 나이쯤 되면 건강 수명이 10여 년 정도밖에 안 남았으니 생전에 하고 싶은 일들을 심사숙고하여 '버킷 리스트'를 만들어 놓고 하나씩 해 보자고 제의하였다.

〈버킷 리스트〉는 kick the Bucket에서 유래한 말로 중세시대에 자살할 때 목에 밧줄을 감고, 양동이를 발로 차 버리는 행위에서 전해졌다. 즉 우리가 죽기 전에 꼭 해야 할 일이나 하고 싶은 일에 대한 리스트를 말한다.

2008도 경에 〈버킷 리스트〉라는 제목의 영화가 상영된 바 있다. 워너브라더스사 제작으로 모건 프리먼(Morgan Freeman)과 잭 니콜슨(Jack Joseph Nicholson)이 함께 주인공으로 출연한 영화인데, 시청자들이 주인공의 입장을 자신과 견주어 나름대로 정리할 수 있게 하는 영화로 워낙 배우들의 연기가 뛰어나서 다시 보고 싶은 영화 1순위에 올랐던 기록이 있다.

죽음을 앞에 둔 두 사람이 우연히 같은 병실을 쓰게 되면서 자신들에게 남은 시간 동안 하고 싶은 일에 대한 리스트를 만들고, 병원을 뛰쳐나가 여행길에 오른다. 사냥하기, 문신하기, 카레이싱, 스카이다이빙, 눈물 날 때까지 웃어 보기, 가장 아름다운 소녀와 키스하기, 화장한 재를 깡통에 담아 경관 좋은 곳에 두기 등등 목록을 지워 나가기도 하고 더해 가기도 하면서 두 사람은 인생의 기쁨, 삶의 의미, 웃음, 통찰, 감동, 우정 등 많은 것을 느낀다는 영화다. 죽음 앞에서 우리 각자가 어떻게 대처할 것이며, 맞이하는 죽음을 택하든, 당하는 죽음을 택하든 스스로가 선택해야 하는데, 그런 면에서 얼마간의 도움을 주는 영화이다.

사람이 죽을 때가 되면 〈껄껄껄〉 하며 후회한다는 우스갯소리가 있다. 마누라를 더 사랑해 줄걸, 인생을 좀 더 즐길걸, 주위 사람에게 좀 더 베풀걸, 하며 후회한다는 얘기다.(29쪽 나이가 들수록 〈빼삐따〉를 지키자에도 이 내용이 나와요.)

또 이런 말도 있다. '면면면면' 하며 후회한다는 것이다. 그때 참았더라면, 그때 잘했더라면, 그때 알았더라면, 그때 조심했더라면, 이라는 것이다. 훗날엔 지금이 바로 그때가 되는데 지금은 아무렇게나 보내면서 자꾸 그때만을 찾는다.

우리가 인생에서 가장 많이 후회하는 것은 살면서 한 일들이 아니라, 아직 하지 않은 일이라고 한다. 후회 없는 인생을 위해서는 자신의 꿈을 기록하고 그 꿈을 위해 과감히 내 삶 속으로 뛰어들어야 한다. 버킷 리스트에는 단순한 바람이 아니라 반드시 하고 싶은 일을 적어야 한다. 막연하게 '하고 싶다'는 생각만으론 부족하다. 건강 수명이 다 지나가 아무것도 할 수 없을 때 후회하지 말고, 지금 당장 버킷 리스트를 만들어 놓고 하나씩 실행해 지워 나가며 삶을 마치면 눈을 감을 때 미소를 지을 수 있을 것이다.

살아있는 동안 꼭 해보고 싶은 것들을 적고, 구체적인 실천 계획도 정하면, 이제껏 살아온 인생을 정리하게 되고, 더불어 앞으로의 삶을 적극적으로 살고자 하는 도전 욕구와 의욕도 생긴다. 이 때문에 남은 인생에 대해 긍정적인 마음을 갖게 되고, 설사 우울한 상황이 닥치더라도 마음을 빨리 추스를 수 있는 힘이 생겨서 정신 체력을 기르는 데 도움이 된다.

사람들이 흔히 손꼽는 '버킷 리스트'는 다음과 같은 것들이 있다.

- 혼자서 또는 부부와 세계일주 떠나기
  (그림의 떡일지 모르지만 크루즈 여행이라면 금상첨화)
- 악기 하나 마스터하기
- 국내여행 완전정복
- 사랑하는 사람을 위한 최고의 밥상 차리기
- 히말라야 트래킹하기
- 오로지 혼자 떠나는 한 달간의 자유여행

이 목록을 보면 여행이 제일 많은데, 걷지도 못할 때까지 기다리다가 후회하지 말고, 건강할 때 가보고 싶은 곳을 가야 한다. 돈은 실제로는 나의 것이 아닐 수 있다. 돈은 써야 할 때에 바로 써야 한다. 젊어서는 열심히 벌어야 하고 가능한 대로 저축해야 한다. 그러나 70이 넘으면 더 벌 생각은 접고 더 아낄 생각도 하지 말아야 한다. 인생 100세 장수 시대가 왔으니 더 벌고 더 아껴 써야 한다는 사람이 있다. 그러나 건강 수명이나 활동 수명이 지나가면 돈이 무슨 필요가 있겠는가.

# 내 장례는
## 이렇게 치러다오

통계청에 의하면 급속하게 진행되는 고령화와 더불어 사망자의 수도 급속하게 증가하여 현재 연간 평균 사망자의 수 25만 명이, 3년 후면 30만 명, 2035년에 50만 명 그리고 2055년이면 75만 명으로 증가할 것이 예상되며 앞으로 40년간 무려 1,900만 명이 사망할 것으로 예상된다.

최근의 장례 의식은 세속화, 비현실적인 허례허식과 상업화 그리고 고급화로 치닫고 있을 뿐만 아니라 현대인들이 납득할 수 없고 이해되지 않는 여러 의식과 절차들을 포함하고 있어 현재의 장례 문화를 계속 유지하는 경우 앞으로 시간적, 경제적 그리고 사회적 부담이 유족은 물론 나라가 감당하기 어려운 정도로 커지고 있다.

따라서 현재 우리의 장례 문화와 의식 및 절차에 대해 전반적으로 검토 평가하여 개선함으로써 불필요하게 가정과 사회, 국가에 큰 경제적 부담을 주는 의식과 절차를 바로잡고자 '사전장례의향서'를 만들자는 캠페인이 호응을 얻고 있다.

'사전장례의향서'란 작성자가 장례의식과 절차가 내가 바라는 형식대로 치러지기를 원하며 부고(訃告) 범위, 장례 형식, 부의금이나 조화

(弔花)를 받을지 여부, 염습·수의, 관 선택, 화장·매장 등 장례 방식과 장소 등 당부 사항을 미리 적어 놓는 일종의 유언장이다. 고령 인구가 급증하면서 사회 문제가 되고 있는 불합리한 고(高)비용 장례 방식과 절차를 간소하게 개선하자는 취지다.

우리나라 장례 문화는 허례허식이 많은 고비용 구조이면서도 정작 고인에 대한 추모는 뒷전이다. 장례식장 비용과 묘지 비용 등을 포함해 우리나라 평균 장례비용은 1,200만 원 정도로, 외국보다 3~4배 많은 편이다. 고급 수의와 염습·관 등 시대에 맞지 않는 관습도 많이 남아 있다. 화장을 할 경우 수의는 길어야 하루 이틀 입히는 옷인데 수백만 원을 지출하는 경우도 있다. 미국은 고인이 평소 입던 옷 중에서 좋은 것으로 골라 입힌다.

이처럼 고비용에다 시대에 맞지 않는 장례를 치르면서도 정작 고인의 인생이나 업적을 추모하는 자리 등 의미 있는 절차들은 거의 없다. 더구나 병원 장례식장이나 상조업체들은 경황이 없는 유족들의 약점을 이용하여 폭리를 취하고 있다는 것은 모두나 안다. 작년 10월 국정감사에서 지방의 어느 대학병원 장례식장이 판매하는 장례용품 평균 마진율이 177%에 이른다는 자료도 나왔다. 구체적으로 판매 가격 45만 원짜리 수의는 원가가 14만 원으로 마진이 201%이고, 오동나무 관은 원가가 12만 원인데 판매 가격은 36만 원으로 마진이 196%에 달한다.

요즘 많은 노년층이 상조회사에 가입하고 있는데 이런 회사는 설립 목적이 영리 추구이기 때문에, 유족이 감정에 휘둘리지 않도록 상을 당할 본인이 미리 냉정한 대처를 해 놓을 필요가 있다.

자식들은 체면과 주변의 시선을 의식해 장례를 남이 하는 대로 따라서 할 수밖에 없지만, 고령층이 스스로 자기 뜻을 '장례의향서'를 통해 미리 자식들에게 알리면 자식들은 심적, 물적으로 부담 없이 간소한 장례를 치를 수 있다.

# 노년에는
# 말을 많이 하지 말아야

황혼의 12도란 것이 있는데, 제1도는 언도(言道)로 노인은 말의 수를 줄이고, 소리는 낮추어야 하며, 제2도는 행도(行道)로 행동을 느리게 하되 행실은 신중해야 하고, 제3도는 금도(禁道)로 탐욕을 금해야 하고 욕심이 크면 사람이 작아 보이며, 제4도는 식도(食道)로 먹는 것을 잘 가려서 먹어야 한다, 등이다.

또 나이 많을수록 꼭 지켜야 할 9가지 Up으로 'Dress Up', 'Listen Up', 'Pay Up' 등이 있는데 그중 하나로 'Shut Up' 하라는 것이 있다. 즉 입을 다물어야 한다는 것이다.

그리고 노년의 사소(四少)철학이란 것이 있는데, 그 내용은 소식(과식하지 마라), 소언(말을 많이 하지 마라), 소노(화를 내지 마라), 소욕(욕심은 만병의 근원이다) 등이다.

탈무드에는 "모든 재앙의 근원은 입에서 나온다. 물고기는 언제나 입 때문에 걸린다. 인간도 역시 입 때문에 걸려든다"란 말이 있다. 우리 속담에 "아는 자는 말이 없고 말이 많은 자는 오히려 아무 것도 모른다"고 하였다. 말이란 생각과 행동의 옷이다. 그래서 언행일치(言行一致)를 군자의 큰 덕목으로 꼽았다. 두 번, 세 번 생각하고 한 번 말할 것이며,

말하는 것보다는 듣는 것을 많이 하고 때로는 침묵으로 대신한다.

속담에 "가만히 있으면 중간은 간다"라는 말이 있지만, 많은 사람들이 논쟁하며 싸우는 동안 그 사람들 가운데에서 침묵을 지키며 그 모습과 그들이 하는 말들을 그저 보며 듣고 있으며 논쟁의 이유와 해결 방법을 찾으려는 노력을 하지 않는다면 그 사람은 무책임하고 비겁한 사람이다.

사람이 말을 하다 보면 실수를 할 때가 있다. 그 실수로 인해 다른 사람이 마음에 상처를 입게 될 수도 있다. 아니면 말 한마디로 인해 모든 일들이 안 좋게 되는 상황이 발생할 때도 있다. 그렇다고 "뭐 무서워서 피하나, 더러워 피하지"라는 속담과 같이 실수가 무서워 침묵을 한다면 이 또한 비겁한 것이다.

우리는 말 많은 시대에 산다. 그러나 말이 많으면 실수도 하게 돼 있다. 칼과 창으로 난 상처는 쉽게 치유되지만 혀로 다친 상처는 치료하기 어렵다. 하지만 침묵은 입만 다물고 있으라는 얘기가 아니라 내적으로도 고요함을 유지하면서 상대방의 말을 수용해야 한다는 뜻으로 보아야 한다.

대인 관계에서, 언제나 품위를 유지하며 대화를 나누기란 결코 쉽지 않다. 드물지 않게, 상반되는 견해 속에 자신만의 주장을 관철할 때, 그것을 끝까지 들어주고 수용하는 것이 둘 다 어렵기 때문이다. 상대방의 서로 다른 생각이나 관점에 초점을 맞추면, 감정의 혼선으로 절제된 소통이 이루어지지 않는다. 잘못된 주장과 또 다른 고집이 만나서 만들 수 있는 것은 싸움뿐이기 때문이다.

말을 줄이라는 것은 쓸데없는 말, 수다, 말실수, 해서는 안 될 말, 감정적인 말, 화를 못 참아 하는 말, 남을 헐뜯는 말 등을 하지 말라는 뜻일 것이다. 침묵의 구조는 단순하다. 지퍼로 입술을 굳게 채우고 정물처럼 버티고 앉아 있는 거다. 술자리에 말이 없는 것은 맛있는 안주가 없는 거와 같다. 사람에 따라 침묵을 한 껍질씩 벗겨보면 속이 텅 비어 있음을 금방 알 수 있다. 침묵의 가면 뒤에는 텅 빈 머리가 있다. 하지만 침묵은 잴 수 없을 만큼 무겁다. 달관하지만 미소를 짓고 돌부처럼 버티고 있는 것처럼 보인다. 그래서 사람들은 침묵을 무서워한다.

그러나 진실을 침묵으로 대신해서는 안 된다. 프랑스의 유명한 작가인 에밀 졸라는 진실을 말하기 위해서 그의 모든 재산과 명예를 버렸다. 그리고 고통과 고난의 길로 들어섰다. 그 유명한 지성인들의 침묵인 '드레퓌스 사건'에서 그는 이렇게 말했다. "진실은 지하에 묻혀버리지 않는다. 진실은 지하에 묻히면 스스로 자란다. 마침내 자라난 진실은 무서운 폭발력을 지닌다. 침묵하는 자여 심판받으리라. 나는 고발한다."

"웅변은 은이고, 침묵은 금이다(Speech is silver, silence is gold.)"는 데모스테네스의 격언으로 알려지고 있다. 그런데 이 말이 만들어진 기원전 350년경의 고대 그리스의 기술력으론 은의 추출 및 제련이 금보다 더 어려웠다고 한다. 따라서 은이 금보다 훨씬 귀한 시대였다. 따라서 '웅변은 은이다'란 말은 말을 조리 있게 잘하는 것은 침묵보다 낫다는 말이다. 고대 그리스 시대는 웅변이 정치를 지배했는데 세월이 흐르면서 말 때문에 말썽이 하도 많이 나니까 본말이 전도되었다.

SNS 시대에 매일 말의 성찬 속에 살아간다. 부부건 친구건 말을 줄이면 사이가 소원해진다. 소통을 위해서는 말을 해야 한다. 좋은 게 좋다고 헐렁하게 침묵을 지키면 너무 무기력하고 사이가 멀어진다. 할 말은 해야 한다. 더구나 노년은 그동안 쌓은 인생 경험과 경륜이 있지 않은가.

# 노년이여!
# 남은 인생을 맘껏 즐겨라

  60·70·80세대는 너무 바쁘게 살아왔다. 이들이 사회에 진출할 때는 우리나라가 세계 최빈국이었는데, 은퇴를 하여 제2의 인생을 살아가고 있는 지금은 세계경제 10위권에 들어간 부국이 되었다. 그러나 불행히도 이 세대들은 부(富)의 과일을 따 먹지 못하고 있다. 소위 인생을 즐기지 못한 것이다. 즐기기는커녕 국민연금의 혜택을 받지 못하는 노년이 더 많으며 노후대책이 서 있지 않은 사람이 더 많다.

  이러한 상황에서 노년에게 이제 와서 인생을 마음껏 즐기라니, 무슨 뚱딴지같은 소리를 하느냐고 빈축을 살 수 있다. 그러나 가난해도 인생을 즐길 수 있는 방법은 얼마든지 있다. 오히려 부자들은 인생을 즐기지 못한다.

  예를 들어 가장 보편적인 방법이 등산이다. 등산은 노년의 인생에 워낙 많은 일과를 차지하고 있어 중언부언이 되겠지만, 혼자 갈 수도 있고, 능력에 따라 높낮이를 선택할 수 있고, 자연 친화적이어서 정신건강에도 좋으며 무엇보다 좋은 것은 돈이 적게 든다는 점이다. 집에서 도시락을 싸 가지고 지하철을 이용하면 돈 한 푼 쓰지 않고도 하루를 잘 즐길 수도 있다.

그리고 노년의 삶에 큰 비중을 차지하고 있는 것이 바둑이다. 바둑은 친구를 만날 수 있고 기료도 저렴하여 하루 종일 즐겨도 별로 돈이 들지 않는다. 독서를 좋아한다면 주변에 도서관은 얼마든지 있다. 돈이 없어서 책을 사 볼 수 없다는 것은 핑계밖에 안 된다.

글쓰기를 배우고 싶다면 남산도서관 5층에 있는 한국소설가협회에서 무료 문학 강좌를 한다. 구청이나 주민 센터에서 운영하는 스포츠 댄스, 요가, 가요, 팝송 등 다양한 문화 활동을 이용할 수도 있다. 이것저것 다 귀찮아서 싫다면 집에 앉아서 인터넷하고 놀아도 무한한 정보를 얻을 수 있고 영화, 음악, 바둑, 게임 등 하루가 금방 간다.

바람을 쐬고 싶으면 중앙선을 타고 춘천에 가서 닭갈비를 즐길 수도 있고, 온양온천에 가서 온천욕을 즐기고 오는 길에 병천 순댓국을 맛볼 수도 있다. 이렇게 모든 게 다 생각하기 나름이고 방법은 찾아보면 무궁무진하다. 골프를 치고 해외여행을 가는 것만이 인생을 즐기는 것은 아니다.

노년의 하루 일과 중 순전히 즐거움을 느끼기 위해 짬을 내는 시간이 얼마나 될까? 신선한 풀 내음을 맡거나 기쁨에 겨워 머리를 뒤로 젖히며 큰 소리로 껄껄 웃어대는 시간은 얼마나 되는가? 또 그래 본 적이 있는가? 대부분의 사람들은 거의 그러지 못하며 세월을 보내고 있을 것이다.

어린 시절부터 우리는 이런 강박감에 시달리며 살아 왔다. 열심히 공부를 해라. 그래서 출세하고 성공해라. 돈을 벌어라. 착한 사람이 되어라. 이걸 하면 안 되고, 저것도 안 된다. 자녀교육을 잘 시켜라 등등.

인생이란 연습이란 없다. 한 번 살다 가면 그만이다. 우리는 과거로 되돌아 갈 수도 없고 인생을 한 번 더 살 수도 없다. 인생은 끝나면 그것으로 끝이다. 영원히 말이다! 그러니 지금 이 순간을 맘껏 살지 않는다면 언제 또 그렇게 해보겠는가?

인생을 맘껏 즐겨라! 인생을 맛보고 열렬히 즐기고 매순간을 음미하고 인생에서 소중한 순간을 축복하고 누려라! 붉은 빛을 남기며 뉘엿뉘엿 사라지는 일몰의 순간을 성찰하고, 새봄의 여명 무렵에 느끼는 신선한 향기를 맡고, 빨갛게 타오르는 단풍의 의미를 명상하며, 주변에서 들을 수 있는 새 소리, 물 흐르는 소리, 바람 스쳐가는 소리를 음미하고 감촉하며 그 자연을 느끼고, 사람들의 미소와 사랑스러운 목소리를 즐겨라. 우리가 가진 모든 감각, 즉 오감을 마음껏 활용하며 즐겨라!

60~80세대는 돈 벌고 살기 바빠 마음껏 웃어 본 적이 없을 것으로 생각한다. 이제라도 배가 아플 정도로 웃어 보자. 소리가 귀에 좀 거슬리면 어떠랴. 빈대떡에 대폿잔을 놓고, 혹시 형편이 된다면 아내의 생일날, 최고급 식사와 아름다운 루비 빛 와인 한 잔을 놓고 처음 만났을 때를 회상해 보는 건 어떨까? 아니면 사랑과 아름다움, 음악과 춤, 웃음과 즐거움에 푹 빠져 보는 건? 대담하리만치 환희로 가득 찬 인생을 꾸려보는 건 어떨까? 어디 안 될 이유라도 있는가?

물론 인생을 즐기기 위해서는 올바른 자각을 가져야 한다. 즐거움을 위해 자신이나 다른 사람에게 해를 끼쳐서는 안 된다. 지혜롭게 스스로의 한계를 지키며 인생을 즐긴다면 더 건강하고 유익한 노년의 삶을 만끽할 수 있다.

행복의 정의에 대해서는 수많은 말이 있지만 "행복은 남과 비교하지 않으면 얻을 수 있다"라는 말은 진리이다. 노년의 삶도 자기가 가꾸기에 따라서 얼마든지 아름다울 수 있다. 지금 처한 환경을 최대한 긍정적으로 받아들여 마지막 얼마 남지 않은 인생을 마음껏 즐겨 보자!

# 어느 파격적인 결혼식

얼마 전 직장 후배의 막내딸 결혼에 다녀왔다. 장소는 성균관 유림웨딩홀이었다. 그곳은 조선조의 국립대학 격인 성균관과 공자 등 중국의 현인과 최치원, 정몽주, 이황, 이이 등 우리나라의 18현을 배향한 문묘가 있는 뜻깊은 곳이다.

성균관웨딩홀은 전통혼례의 명소라기에 잔뜩 기대를 하고 도착했다. 그러나 결혼식은 일반 결혼식으로 진행되었고, 웨딩홀이 네 개나 되어 상업적인 예식장보다는 좀 나았으나 복잡한 것이 그다지 쾌적하지 않았다. 하지만 결혼식은 흥미진진하게 진행되었다기보다 이색적이고, 파격적이었으며, 특이했고, 신선하며, 참신했고 특별한 결혼식으로 가히 주례혁명이랄 수 있는 결혼식이었다. 주례가 신랑 아버지였던 것이다. 사회자가 소개하기를 주례는 교육자로 은퇴하여 지금은 경복궁 문화유산 해설가로 활동하고 있다고 하였다. 그러면 역사를 잘 알고 혼례의식에 보수적일 텐데 본인이 직접 주례를 선다는 것이 좀 의아했다.

나는 아직 신랑이나 신부의 아버지가 주례를 서는 것은 아직 본 적도 없고 들은 적도 없다. 주례 없는 결혼식은 본 적이 있다. 주례 대신 신랑 신부 앞에 선 양가 부모들이 오랜만에 쓴 편지를 낭독한다. 곧 이어 신랑 신부가 써온 사랑의 서약을 번갈아 읽는다. 이후 부모님께 드리는 편지를 읽는다. 부모 자식 간에 편지를 주고받는 일이 익숙하지 않을 테지만 자식을 가장 잘 알고 아끼는 부모가 직접 쓴 편지는 어떤 주례사보다 감동적이었다. 양가가 자녀의 결혼식에 부모가 덕담을 해 준다는 뜻깊은 의미도 더해진다.

조선시대는 주례(主禮)가 없었다. 조선조는 유교를 국가 이념으로 삼아 주자의 성리학을 도입함으로써 관(冠)·혼(婚)·상(喪)·제(祭) 사례(四禮)에 관한 예제(禮制)를 『주자가례』에 따랐다. 처음에는 왕가와 조정 중신에서부터 사대부(士大夫)의 집안으로, 다시 일반 서민에까지 보편화되기에 이르렀다. 『주자가례』란 중국 송나라 때 주자가 가정에서 지켜야 할 예의범절에 관해 저술한 책으로 관혼상제에 관하여 자세히 정리해 놓았다.

전통혼례는 신랑이 신부 집에 가서 혼례의식을 치르는데, 먼저 신랑이 기러기를 신부의 집에 올려 다산하고 화목하게 살 것을 다짐하고 신랑과 신부는 처음으로 만나 상견례로 맞절을 하고 천지신명에게 부부로 열심히 살겠다고 서약을 한다. 신랑과 신부가 서로 좋은 부부가 될 것을 서약하는 의식을 올리고 표주박 술잔을 나누어 마심으로써 혼인식은 막을 내린다. 이 의식에 주례는 없다. 다만 오늘날 사회자 격으로 신부의 당숙이나 가까운 친척이 의식의 진행을 맡을 뿐이다. 전통 혼례 절차는 그 시대에 따라, 지방이나 가문에 따라 차이점이 있으나 기본은 『주자가례』에 뿌리를 두었다.

대한제국(조선)의 말기에 고종이 단발령을 내리고 갑오경장을 거쳐 서양 문물이 들어오면서 사회가 개혁되어 결혼식 문화도 서서히 변하기 시작했다. 천주교와 기독교가 허용되어 서양식으로 성당과 예배당에서 신부나 목사가 종교예식으로 결혼식을 올리는 경우가 점증했다. 물론 그 경우 신부나 목사가 주례인 셈이다. 근래에는 교수, 은사, 국회의원, 직장 상사 등 다양한 사람이 주례를 선다. 주례를 구하는 것은 신랑의 몫으로 주례로 모실 분을 찾지 못하면 돈을 주고 직업주례를 세우기도 한다. 아마도 이래서 주례 없는 결혼식이 등장했는지도 모른다.

일설에 의하면 일제 강점기 때 조선 사람들을 감시하기 위하여 일본 순사가 신랑, 신부의 결혼예식을 관여했다고 하며 그것이 주례의 시초라고도 한다.

다음은 신랑 입장 장면이었다. 신랑은 어찌나 씩씩하고 명랑한지 입장하면서 좌우 하객에게 허리를 굽혀 인사하며 주례석 앞까지 갔다. 그리고 음악은 피아노나 바이올린 4중주가 일반적인데 색소폰 연주였다. 색소폰이 감성적이고 축하하는 자리에서는 흥이 나는 악기임에는 틀림없으나 이것도 내가 보기에는 파격적이었다. 백미는 축가 차례였다. 축가를 신랑 남동생이 불렀는데 그는 대학가요제에 입상한 경력이 있다고 사회자가 소개하였다.

거기까지는 보통 있을 수 있는 일인데 신랑과 동생이 신부를 앞에 두고 듀엣으로 노래를 열창하였다. 무슨 노래인지는 모르겠으나 가사 말이 좋았고 노래도 잘 불렀으며 아주 긴 것이 인상적이었다. 마지막으로 신부 아버지의 인사말이 있었는데 그는 주례석에 올라 사위와 딸이 잘 살기를 바란다는 덕담과 결혼생활에 있어서 유념해야 할 사항에 대하여 자상하게 당부하였다.

결혼은 인간의 일생에서 가장 중요한 통과 의례 가운데 하나다. 결혼 풍습은 시대와 지역에 따라 각기 달랐고, 결혼의 의미 또한 변하였다.

모든 제도는 시대에 따라 변하기 마련이고 변해야 한다. 또 그래 왔다. 결혼식도 과거의 인습과 틀에 얽매일 필요는 없다.

우리나라의 결혼 풍습 변천사를 살펴보면 고구려에서는 혼담이 성립 되면 여자 집 근처에 집(婿屋)을 마련하였는데 이는 여자 측의 몫이고, 남자 집에서는 고기와 술을 보낼 뿐이며, 혼인한 부부가 자녀를 낳아 어느 정도 크면 그제야 비로소 처자를 데리고 본가로 돌아갈 수 있었 다고 한다. 이런 제도는 조선조 중반기까지 이어져 내려와 퇴계나 율곡 그리고 우암 등도 외갓집에서 자랐다. 또 다른 풍습으로는 혈족 혼인을 꼽을 수 있다. 혈족 혼인이란 같은 친족 간의 혼인을 말하는 것이다. 신 라와 고려시대의 혼인은 근친혼이 많았는데, 귀족계급일수록 그 현상 이 심했다. 그 이유는 왕실 혈통의 순수성을 보전하기 위함이며, 골품 제 등의 신분사회를 중시하는 귀족계급이 자기방어 수단으로서 결혼 을 이용했기 때문이다. 이러한 근친혼은 민간에까지 널리 성행하다가 고려 말기에 들어와 유교의 영향으로 점차 금하게 되었다고 한다.

삼국시대의 결혼에 있어서 또 다른 특징 중 하나는 불교식의 화혼례 가 많았다. 왜냐하면 삼국시대에는 불교가 성행하였고 상례도 불교식 이 많았다. 특히 상류사회에서는 품위와 권위를 지키기 위해 불교식을 따랐다.

고려시대에는 이혼이 자유로웠다. 여성도 남성과 같이 재산권 행사가 가능했던 시대였던 만큼, 남성뿐 아니라 여성이 이혼을 요구할 수도 있 었다. 조선시대에는 여성이 아들을 낳지 못하면 이혼할 수 있다는 칠거 지악 조건이 있었지만, 고려시대에는 아들을 못 낳은 이유로 이혼을 당 하지는 않았다.

조선 초기까지는 여성의 재혼이 금지되지 않았지만, 1477년(성종 8) 과부재가금지법(寡婦再嫁禁止法)이 제정·시행되면서, 양반층은 물론 차츰 일반 서민들까지도 여성의 재혼을 금기시하게 되었다.

삼국시대 취수혼은 시동생과 형수의 결혼이었고, 고려시대까지는 이모와 조카, 남매간의 결혼도 가능했었다. 그러나 이러한 근친혼인은 조선시대에 와서 금지되었다. 또한 동성동본(同姓同本) 혼인도 금지되었다.

이와 같이 결혼풍속도 시대가 흐르면서 조금씩 변하고 있는데 ,주례가 없으면 문제가 되지 않느냐, 그리고 결혼 당사자 아버지가 주례를 서도 되느냐를 가지고 왈가왈부할 필요는 없다고 본다. 상황에 따라서 형편에 따라서 주례에 대한 양가 부모의 철학에 따라서 하면 되는 것이지 과거의 인습과 관례에 얽매이는 것은 진부한 생각이라고 본다.

# 노후를
# 가치 있고 아름답게 보내자

　재미교포에 대단한 가족이 있다. 자녀 교육의 대가로 언론, TV, 각종 강의에 스포트라이트를 받고 있는 전혜성 박사의 가족이다. 그 면모를 살펴보면 놀라 나빠질 지경이다. 그야말로 화려하기 짝이 없다.

　전혜성의 박사의 남편 고(故) 고광림 박사(1920~1989)는 하버드 법대 박사, 예일대 교수, 보스턴대 교수, 초대주미 공사, UN공사를 지냈고, 맹모(孟母)나 신사임당 반열에 올릴 만한 전설적 자녀교육의 어머니 전혜성(1929~)은 이대 영문과를 중퇴하고 보스턴대 사회학박사와 인류학박사로 1985년까지 24년간 예일대 교수로 재직했고, 현재 남편과 함께 설립한 한국연구소의 정신을 계승한 예일대 동암문화연구소에서 차세대 지도자 양성 프로그램을 운영하며 리더 배출에 힘쓰고 있다.

　장남 고경주(1952년생, 미국명 Howard Koh)는 예일대 의대를 나와 오바마 행정부 보건부 보건 담당 차관보를 역임하고 현재 하버드대 공공보건대 부학장이며, 차남 고동주(1953년생)는 하버드대를 졸업하고 메사추세츠대 교수이며, 삼남 고홍주(1954년생, 미국명 Harold Hongju Koh)는 하버드 법대를 나와 한국인 최초로 예일대 법대 석좌교수와 로스쿨 학장을 역임한 후 2009년부터 오바마 행정부 법률 고문으로 재직 중이며 2008

년에는 대법관 후보로도 거명됐고, 사남 고정주(1960년생)는 하버드 사회학과를 나와 화가이자 저술가로 활동하고 있다.

장녀 고경신(1946년생)도 하버드대, MIT 이학박사로 중앙대 화학과 교수를 역임하고 현재 중앙대 자연과학대 학장으로 재직하고 있으며, 차녀 고경은(1958년생) 하버드 법대를 나와 컬럼비아 법대 교수를 거쳐 유색인종 여성 최초로 예일대 로스쿨 석좌교수로 재직 중이다.

11명의 손자 손녀들을 두고 있는데 대학 진학을 한 열 명 모두 하버드, 예일, 브라운대 등 아이비리그와 MIT에 입학했다.

전혜성의 자녀교육 비법은 평범하기 짝이 없다. 즉, "부모가 놀러 다니면서 자녀들에게 공부하라고 할 수 없죠. 아이들이 목적에 도달할 수 있는 환경을 만들어줘야 합니다. 교육 효과에 대한 한 사회학 연구 결과를 보면 말로만 했을 때의 효과는 30%, 부모가 역할 모델이 되어 모범을 보였을 때는 그 세 배의 효과가 있다고 해요. 저는 아이들을 기르면서 남편과 일상적인 대화를 나눌 때도 아이들에게 어떤 영향을 끼칠지 세심하게 신경 썼어요."

여든셋의 전혜성 박사는 78세에 예일대 근처에 있는 실버타운에서 공동체 형태의 주택으로 거처를 옮겼다. 처음엔 막상 죽을 때까지 이곳에서 살 것이라 생각하니 처량했지만 실제 생활은 기대 이상이었다고 한다. 그곳에선 사회에서 은퇴했지만 인생에서는 은퇴하지 않은 노인 175명이 살아가고 있다.

"자녀교육과 노인문제는 연관돼 있어요. 자녀교육에 돈을 다 써버리면 노후 준비를 할 수 없어요. 부모들도 자신의 남은 일생을 감안해서 자녀교육에 투자할 비용을 정해야 해요. 너무 늦은 시기에 마음먹으면 돈이 없어서 실버타운에 갈 수가 없죠. 교육비에서 10%를 떼어 노후보장 적금을 들라고 말하는 이유입니다. 저는 1989년에 이미 실버타운에 들어갈 것이라고 결정했고, 이들이 대학에 진학하고부터는 경제적 지원을 하지 않았어요. 스물둘 된 손자는 1년 후에 결혼을 하겠다고 선언하면서 결혼 자금은 알아서 구하겠다고 하더군요. 이러하니 제가 실버타운에 갈 수 있었죠. 한국에서는 결혼 안 한 나이 든 자식까지도 보듬어 안고 살더라고요. 그러한 결정이 다음 세대, 그 다음 세대에 어떤 결과로 나타날지 감안해야 합니다."

"90세, 100세에 가까운 노인들이 몸이 쇠약해져 기구에 의지하면서도 한결같이 자신의 삶을 충실히 살아가고 있었어요."

저명한 정치학자였던 한 노인은 공동체에서 캔을 줍는 일을 해서 모은 돈을 사회에 기부하고 있었다. 휠체어에 앉은 한 할머니는 걷지는 못했지만 뜨개질을 해서 병원에 숄을 3,000개나 기증하기도 했다. 이들이 가장 관심을 갖는 일 가운데 하나가 젊은이들과의 소통이었다. '브리즈'라는 프로그램을 통해 이들은 고교생과 모임을 정기적으로 가졌다.

전 박사는 "나이 들었다고 하루하루를 그저 흘려보내는 사람은 아무도 없다"며 "미국에는 이처럼 노인들이 자랑스럽게 삶을 연장할 수 있는 시스템이 구축돼 있다"고 했다.

그에 비하면 한국의 현실은 갈 길이 멀다. 그는 "한국은 65세 이상의 노인이 증가하는 속도가 세계에서 두 번째로 빠르지만 노인복지시설은 물론 노년층을 위한 프로그램은 턱없이 부족하다"면서 "한국에도 이런 노력이 있었으면 하는 아쉬움이 늘 있었다"고 말했다. 최근 펴낸 책

『가치 있게 나이 드는 법』에는 그러한 고민이 녹아 있다.

나이 들어 삶을 무기력하게 보내거나 자식들에게 의지하는 시대는 지나갔다. 이제 은퇴 후에도 삶을 더 가치 있게 만들어가는 '파워 시니어' 시대가 되었다. 파워 시니어는 환갑이 넘은 후에도 인생이 뒤안길로 접어들었다고 생각하지 않는다. 벌어둔 돈을 자식들에게 물려주고 자식들에게 의지하겠다는 생각도 하지 않는다. 앞으로 어떻게 살 것인지 고민하며, 늘 새로운 인생을 꿈꾼다. 이들에게 은퇴는 인생의 마지막이 아닌 새로운 시작이다. '앙코르 인생'이 시작되는 것이다.

전혜성 박사는 세상은 홀로 살아가는 것이 아니며 자신이 현재 하는 일이 힘들고 어려울지라도 세상이라는 거대한 수레바퀴를 돌리는 하나의 동력이 된다고 생각하면 용기를 얻을 수 있다고 말한다. 물레방아 위로 떨어지는 한 줄기 한 줄기의 물이 모여 수천수만 개의 센 물살이 되는 것처럼 우리 각자의 삶도 모이고 모여 세상을 움직이는 폭포처럼 거대한 물이 되는 것이기 때문이다. 가치 있는 삶이란 이처럼 세상이라는 거대한 수레바퀴의 동력이 되는 삶인 것이다.

전혜성 박사는 저서 『가치 있게 나이 드는 법』을 통해 자신이 거주하고 있는 비영리 노인 복지 단체인 휘트니 센터에서 노년을 가치 있게 보내는 지인들의 일화를 소개하고 있다.

저자는 청춘이 가는 것, 나이 드는 것을 서러워하지만, 이에 연연하지 말고 소중한 삶을 보내라고 충고한다. 눈앞의 성패에 일희일비하지 말고 과거의 영예에 연연하지 말고 소박하더라도 가치 있게 나이 들 수 있어야 한다고 말하고 있다.

저자가 말하는 가치의 사전적 의미는 '쓸모'와 '보람'이다. 저자는 보람에 좀 더 높은 점수를 준다. 사람으로서 한 생을 살아간다면 자신이 할 수 있는 아주 사소한 일이라도 그것이 나만을 위한 것이 아닌, 앞으로 나와 같은 이상을 추구해 가는 누군가에게 도움이 되는 삶이라면 충분히 의미 있고, 가치 있는 삶을 사는 것이라 설명한다.

평생을 누군가에게 의미가 되고 도움이 되는 삶을 살겠다는 일념 하나로 살아온 저자는 이 책을 통해 나이가 들어서도 열정을 잃지 않고 의미 있게 살아갈 수 있는 방법인 '가치 있게 나이 드는 법'을 알려준다.

1. 인생의 길을 혼자가 아닌 함께 걸어보라.
2. 나와 사랑하는 이들을 위해서라도 건강관리에 소홀하지 말라.
3. 눈앞의 성공보다는 나를 위한 보람을 좇을 줄 알아야 한다.
4. 두려움 없이 미래를 맞이할 수 있어야 한다.

전 박사는 "나만을 위해서 살아가는 것이 아니라 누군가에게 도움이 되는 것이 진정 가치 있는 삶"이라고 말했다. 그는 "노년을 '실버에이지'라고 부르지만 실제론 '골든에이지' 같다"고 했다. 나이가 드니 눈도 잘 안 보이고 귀도 잘 안 들리긴 하지만 말을 더 잘 들어주고 존중해준다는 특권도 있다는 얘기였다. 이 같은 그녀의 열정적인 모습은 우리 모든 노년에게 영감을 준다.

# 노년도
## 마음만 먹으면 뭐든지 할 수 있다

며칠 전(2013. 10. 2.)이 노인의 날이었다. 보건복지부는 매년 노인의 날(10월 2일)에 100세가 되는 노인에게 '장수지팡이(청려장)'를 주는데, 금년은 1,264명이 이 선물을 받았다. 1993년 이후 장수지팡이를 선물하고 있는데 올해가 가장 많았다. 2008년 726명에서 5년 만에 17배가 됐다.

안전행정부의 주민등록 통계에 따르면 9월 현재 100세 이상은 1만 3513명인데, 여기에는 1만 28명의 '거주 불명등록자'가 포함되어 있어 주소가 있는 100세 이상은 3,485명으로 이 정도가 살아 있는 100세인으로 추정된다. 100세인의 공통점을 보면 첫 번째가 긍정적이고 낙천적인 사고방식과 삶을 향한 의지이며, 다음으로 일이나 사회활동을 하는 점이라고 한다.

올해 1월, 102세로 사망한 일본의 시바타 도요(1911년생) 할머니가 98세 때 낸 첫 시집 『약해지지 마』에는 이런 구절이 있다. '나도 괴로운 일 많았지만 살아 있어 좋았어. 너도 약해지지 마.' 삶에 대한 긍정적 태도를 노래한 것이다.

『유유자적 100년』이라는 책의 주인공, 타이완의 자오무허는 올해 102세로 조충체 서예의 권위자인데 영어를 거의 하지 못하면서도 75세에 5개월간 홀로 유럽 배낭여행을 했고, 93세에는 병원에서 자원봉사를 했으며, 98세에는 석사 학위를 받았고, 100세가 넘어 컴퓨터를 배우기 시작했다. 그는 단순히 젊은 시절에 이룩해 놓은 것을 바탕으로 노년을 사는 것이 아니라, 노년의 나이에 다짐한 결심을 이루기 위해 청년들보다 더욱 젊게 산다고 한다.

그는 "사람은 마음만 먹으면 뭐든지 할 수 있다. 원하고 원하지 않고의 차이가 있을 뿐이다", "사람은 기회가 있으면 도전해야 한다. 시도해야 일말의 희망이라도 있지, 시도하지 않으면 희망도 없고, 소망을 이룰수도 없다"라고 말했다.

장수의 비결은 든든한 친구, 행복한 여러 환경, 목표가 있는 삶, 건강식, 활기찬 생활이다. 명상을 하면서 천천히 산책을 하고, 인터넷에 들어가 세상 돌아가는 것을 알고, 일거리를 만들어 무엇인가를 위해서 움직이고, 글쓰기, 그림 그리기, 악기 다루기 등 취미 생활을 즐기면 조화롭고 아름다운 노후를 보낼 수 있다.

노년이 되면 자연주의가 되어야 한다. 우리 몸은 자연의 일부이다. 자연에 순응해야 한다. 아무리 노력해도 사람은 늙게 돼 있다. 소유에 집착하지 않는 것도 자연주의 삶의 일부다. 갖고 있는 것은 즐겁고 아낌없이 써야 한다. 아일랜드 격언에 "수의에는 호주머니가 없다"라는 말이 있다.

『아름답게 늙는 지혜』, 『긍정적으로 사는 즐거움』, 『행복하게 나이드는 비결』 등의 일본 베스트셀러 작가인 소노 아야코의 『나는 이렇게 나이 들고 싶다(戒老錄)』에는 이런 말들이 있다.

"나이가 젊든, 늙든 죽음은 반드시 찾아온다. 죽음이 찾아오기 전에 살면서 얻은 것들을 뒤처리해야 한다. 친구 중에 시어머니가 남긴 유품을 정리하는데 쓰레기봉투가 1,000개도 넘게 필요했고, 버리는 데 반년이 걸렸다는 사람도 있었다."

"노인이라는 것은 지위도 아니고 자격도 아니다. 스스로 해결하지 못하는 일은 일단 포기하라. 가족끼리라고 무슨 말을 해도 괜찮다는 생각을 해서는 안 된다. 다른 사람의 생활 방법을 참견하지 마라. 태도가 나쁘다고 상대를 비난하는 것은 무의미하다."

"같은 연배끼리 사귀는 것이 노후를 충실하게 하는 원동력이다. 정년을 일단락하고 그 후는 새로운 출발로 생각하라. 최고 연장자가 되어도 자신이 지배적 위치를 차지하려고 하지 마라."

"즐거움을 얻고 싶으면 돈을 아끼지 마라. 그러나 '돈이면 다'라는 천박한 생각은 버려라. 혼자서 즐기는 습관을 길러라. 자식에게 기대는 것은 이기적이고 바람직하지 못한 부모다. 인터넷, 스마트폰 등 새로운 기계 사용법을 적극적으로 익혀라. 러시아워의 혼잡한 시간대는 부득이 한 경우가 아니면 이동하지 마라."

"옷차림에 신경을 쓰고, 자주 씻고 몸가짐을 단정히 하라. 화초 가꾸는 일에만 빠지면 빨리 늙는다. 뭔가 이루지 못한 일이 있어도 유감으로 생각지 말고 잊어 버려라. 지나간 얘기는 정도껏 하라. 허둥대거나 서두르지 않고 뛰지 마라. 관혼상제나 병문안 등은 일정 나이가 되면 결례해도 좋다."

"재미있는 인생을 보냈으므로 언제 죽어도 괜찮다고 생각하라. 늙음과 죽음에 대하여 가끔 성찰하라. 유언장 등을 미리 작성하는 등 편안한 마음으로, 늙어가는 과정을 자연스럽게 받아들여라. 혈육 이외에 끝까지 돌봐줄 사람은 아무도 없다. 행복한 일생도, 불행한 일생도 모두 일장춘몽이다."

"품위를 유지하여 덕망 있는 노인이 되라. 노년의 고통이란 인간의 최후 완성을 위한 선물이다. 인생은 최후까지 살아보지 않으면 누구도 알 수 없는 것이다. 미리 준비해 두어라."

이상이 『나는 이렇게 나이 들고 싶다(戒老錄)』의 주요 골자다.

노년이 되면 꺼져가는 불꽃에 마지막 화톳불을 붙이듯 한 번쯤 로맨티시즘이 그리워진다. 노년에 간직하는 사랑은 마음에 무게를 느끼기도 하고, 노년의 사랑은 앞만 보고 달려오던 어느 날 외로움에 텅 비어 있는 마음에 고독과 함께 찾아온다.

노년의 사랑은 더욱 애절함과 그리움을 남긴다. 그러기에 스스로를 다스릴 수 있는 마음가짐과 상대의 마음을 배려하는 너그러운 마음이 필요하다. 또한 사랑의 집착을 벗어 버리고 상대를 서로가 지켜 줄 수 있어야 한다. 여자는 가슴과 마음으로 사랑을 하며 남자는 그 무엇으로 사랑을 한다고 하는데, 마음과 마음이 통하는 대화 또한 매우 중요하다. 서로의 이야기를 진솔하게 들어줄 수 있는 오랜 친구 같은 느낌을 가질 수 있어야 한다.

고개를 돌려 뒤돌아보면 그 사람이 늘 생각나고 기억에 떠올릴 수 있는 아름다운 노년의 사랑이기에 아픈 상처가 없는 이별도 중요하다. 서로의 아픔을 치유시켜 줄 수 있어야 하고 아름다운 추억으로 남아 있어야 하는 것이 노년의 사랑이다.

　허전한 마음이 들 때, 마음이 텅 비어있을 때, 텅 빈 듯한 마음을 채워 줄 수 있는 친구와도 같은 우정을 만들 수 있는 것이 노년의 사랑이다. 뒤돌아보았을 때 축축하고 초라하며 회한의 늪에 허우적거리는 사랑은 없어야 한다. 서로가 지켜주어야 할 것은 지켜주고 서로를 보호해 주어야 할 것은 보호해 주며, 오랜 친구와도 같은 사랑이 진정으로 아름다운 노년의 사랑이다.

# 준비된 죽음은
# 아름답다

작가 최인호의 죽음은 많은 것을 생각하게 한다. 그는 당대의 소설가이기에 사회적 관심도 많았고, 새삼스럽게 그의 일생에 대한 여러 가지 일화가 소개되기도 하였다. 그는 우리나라 문학사에서 한 시대를 대표하는 커다란 획(劃)을 남기고 간 작가이기에 이 이상의 얘기는 삼가고자 한다.

사람이 이 세상에 태어나서 어떻게 살다가 언제 어떻게 죽음을 맞이할지 미리 알 수 있다면 얼마나 좋을까. 그러나 이는 인간의 영역이 아니기에 이를 미리 아는 것은 불가능하다. 따라서 우리는 삶이 끝나는 때를 알 수 없으므로 매 순간을 가장 소중한 시간으로 생각하며 살아야 하고 죽음을 맞이하는 자세 등 죽음에 대한 준비를 해야 한다. 죽음 준비는 당장 죽을 준비를 하라는 것이 아니고 언제 닥칠지 모르는 죽음에 대하여 미리 준비를 해 두자는 것이다. 준비된 죽음은 깨끗하고 아름다우며 인간의 존엄성을 느끼게 한다.

나이가 들어도 재산 문제가 아니라 죽음에 대한 준비를 전혀 하지 않는 사람이 많다. 죽음 준비가 안 되어서 끝까지 발버둥 치느라 살아오면서 생전에 쌓아 놓은 덕과 행적을 모두 망가뜨리고 마는 불행한 죽음도 많다.

죽음의 모습은 먼저 떠나는 사람이 남아 있는 사람에게 줄 수 있는 가장 고귀한 선물이므로 반드시 미리 준비해야 한다. 그것도 훗날이 아니라 바로 지금부터 시작해야 한다. 어느 날인지는 모르지만 분명 꼭 다가오고 마는 것이니 그날을 위해 눈감고 있는 그 옷을 한 번쯤은 생각해 보아야 한다. 생의 마지막 입고 가는 그 옷, 수의를 말이다.

사람은 때로는 눈 감으면 모든 것이 끝이라는 말을 입버릇처럼 말하지만 사람이 눈을 감고 나면 살아 있는 사람들은 그가 살아 있을 때의 행적을 가감 없이 평가한다. 나 죽으면 모든 게 끝나는데 무슨 상관이 있느냐고 한다면 할 말이 없지만, 이는 남아 있는 가족에게 큰 폐를 끼치게 되고 내보이지 않고 싶은 모습까지 다 보이게 될 수도 있다.

노년이 되면 당장 필요가 없는 물건은 언젠가 쓰일 때가 있겠지 하고 간직하지 말고 과감히 처분해야 한다. 자잘한 추억의 물건들에 집착하지 말고 책이나 옷도 정리하여 필요한 사람에게 나누어 주는 것이 좋다. 사후에는 옷은 모두 쓰레기통에 들어가기 때문이다. 특히 사진은 나에게는 소중하지만 유족이 꼭 간직해야 할 몇 장의 사진만 남겨 놓고 과감히 없애 버려야 한다. 집착을 버리면 마음의 평화가 저절로 따라온다.

그리고 중요한 것은 선산이 있으면 모르지만 미리 공원묘지나 납골당을 마련해 두어야 한다. 자식들은 부모 생전에 이를 미리 준비해 두지 않기 때문에 변을 당하면 무척 당황하게 된다.

또 혹시 있을지 모를 자녀 간의 분쟁을 예방하기 위하여 유언장을 만들어 놓아야 한다. 유언장은 자필로 이름. 날짜. 내용. 주소를 쓰고 자필로 서명 날인을 해야 한다. 유언장은 변호사의 공증을 받아야 유효한 것으로 흔히 알고 있는데 재산 규모가 크지 않거나 분쟁의 우려가 적다면 자필증서 유언장으로도 별 문제가 되지 않는다. 변호사의 공증을 받아야 놓으면 제일 확실하나, 비용 때문에 미리 겁을 먹는데 공증수수료는 생각보다 많지 않다.

요즘 안락사가 노년의 화두가 되고 있는데, 심폐소생술이나 인공호흡기를 하지 말라는 '사전의료의향서'를 미리 써 놓는 것이 좋다. 인터넷에 양식이 나와 있다. 또 '사전장례의향서'란 양식이 있어, 부위금 접수여부, 음식 대접, 수의와 관 등 장례 의식과 절차에 대하여 세세한 항목까지 본인이 미리 작성해 놓을 수 있다.

장례식은 소박하고 간단하게 하고 가족들은 너무 슬퍼하지 말고, 조문객도 고인을 추억하면서 사소한 것이라도 그가 생전에 한 많은 일의 의미를 얘기하고 한 평생을 잘 살다 갔다고 축복하고 부러워하는 자리여야 한다. 죽음은 삶을 잘 꾸려온 사람을 기릴 수 있는 기회인 것을 간과해서는 안 된다. 죽음은 떠나는 자에게나 남는 자에게 슬픈 일이지만 아무런 준비도 없이 갑자기 맞는 죽음은 유족에게 가슴이 찢어지는 고통과 슬픔을 안겨준다.

사람은 누구나 죽고 우리는 항상 누군가를 떠나보낸다. 삶의 연장선에 죽음이 있듯이 죽음은 삶의 일부이다. 또한 우리가 생을 더욱 가치있게 느끼는 것은 삶이 가지고 있는 유한성이기 때문이기도 하다. 그러므로 죽음을 두려움과 공포의 대상으로 인식하지 않고 삶의 일부이자 평안으로 바라보는 의식이 있어야 한다. 죽음이 별거냐, 죽으면 그뿐이지 아무것도 아니라는 태도는 생에 대한 자신감이 아니라 삶에 대한 진지함의 결여에서 나오는 아주 무책임한 얘기다.

사람에게는 누구나 고유한 삶이 있듯이 각자의 고유한 죽음이 있다. 누구나 아름다운 죽음을 원한다. 그렇다면 아름다운 죽음은 과연 어떤 죽음이며 그것을 위해 무슨 노력을 하고 있는가. 눈앞의 것만 바라보며 하루하루 연명하는 삶은 생의 중요한 부분을 잃게 된다. 사람은 숨을 거두는 마지막 순간에 최고의 성장을 경험할 수 있는 신비한 존재이므로 끝까지 사색의 끈을 놓지 말아야 한다.

죽음 없는 삶이 없고 삶없는 죽음이 없듯이 죽음은 엄연한 우리 삶의 일부다. 죽음을 사랑한다는 것은 빨리 죽으려고 애쓰면서 스스로 죽음의 길로 들어서는 것은 결코 아니다. 아무리 힘들고 어려워도 지금 여기에서의 삶을 최선을 다해 끝까지 감당하며 죽기까지 사는 것을 뜻한다.

죽음 준비는 당장 죽을 준비를 하자는 것이 아니며 어떻게 죽을지 그 방법을 연구하고 실천하자는 것이다. 언제, 어디서, 누구에게 다가올지 모르는 죽음에 대해 생각하면서 지금 내가 살아가는 방식을 진지하게 돌아보고 깊이 들여다보자는 것이다.

# 혼자
# 여행을 떠나 보자

사람은 태어난 이상 무엇이든 해야 한다. 하지만 대부분의 사람들은 무엇을 해야 좋을지 모른다. 안개 속에 갇혀 꼼짝도 못 하며 어디선가 한 줄기 빛이 비칠지 모른다는 꿈을 품고 직장 생활을 끝낸다. 직장 생활을 하는 동안 샐러리맨들은 타인 본위로 산다. 다른 사람의 기준에 맞춰 마치 흘러가는 강줄기에 뿌리 내리지 못한 부평초처럼 강물을 떠다닌다.

노후는 자기 본위로 살아야 한다. 어떤 일에 몰입하다 보면 각자 가지고 태어난 다양한 개성이 나타난다. 이때 조금씩 전진하면 그 개성은 빛이 나고 발전을 거듭하여 비로소 행복과 안정감을 얻는다. 자기 본위로 살아가려면 타인의 개성도 존중해야 한다. 그리고 자기의 개성을 주장하려면 거기에 따르는 의무도 있다는 것을 명심해야 한다.

'노후 준비'라는 강좌를 보면 자산관리, 취미 생활, 봉사 활동, 건강, 부부의 자세, 삶의 보람 등 다채로운 주제가 나온다. 그러나 이런 많은 문제들에서 자유로운 사람은 없다. 중요한 것은 자기 나름대로의 기준이다. 하나에 집중하여 이를 돌파하는 열정이 필요하다.

내가 아는 어떤 사람은 퇴직을 하자 아내가 세상을 떠났다. 그는 한동안 우울한 삶에서 벗어나지 못해 괴로워했는데 7순(旬)이 되자 해외여행을 하기로 계획을 세웠다. 이 생각만으로도 그는 우울에서 벗어나 삶의 활력을 찾았고 매일이 바빠졌다. 여행할 곳을 선정한 다음 도서관에 가서 그 나라에 대하여 공부를 하고 정보를 수집했다. 이런 사전 작업만으로도 그의 의욕은 되살아났다.

마침 자료 수집 과정에서 75세에 영국, 독일, 프랑스를 5개월간 홀로 배낭여행을 했다는 102세 할아버지 '자오무허'의 열정적인 삶을 읽게 되었다. 그래서 큰 배낭을 사서 짐을 가득 넣고 북한산 둘레길부터 시작해서 제주도 올레길과 지리산 둘레길을 걸으며 다리 힘을 길렀다. 그리고 틈틈이 여행에 필요한 최소한의 영어도 익혔다.

출발에 앞서 인터넷으로 비행기 일정과 숙박 시설을 예약하고, 유럽은 주로 기차 여행이므로 유로패스도 사 두었다. 이 과정에서 그는 10년은 젊어진 듯했다. 홀로 떠나는 여행은 그 사람의 가슴속에 숨어 있던 나태와 의욕 상실을 몰아내고 자신의 뒷모습을 바라다보게 한다.

사실 인생은 완벽하게 혼자 떠나는 여행이다. 사람은 수많은 관계 속에 살아가면서도 문득문득 쓸쓸하고 외로움을 느낀다. 그러기에 '군중 속의 고독'이라는 말도 있지 아니한가. 군중 속의 고독이란 미국의 사회학자 데이비드 리스먼(David Riesman)이 1950년에 출간한 그의 저서 『고독한 군중(Lonely Crowd)』에 등장하는 용어로, 대중사회 속에서 타인들에 둘러싸여 살아가면서도 내면의 고립감으로 번민하는 사람들의 사회적 성격을 말하는 것이다.

다른 사람은 위해 살아가는 인생을 지속하는 한 사람은 지독한 고독에 시달릴 수밖에 없다. 그러므로 누구를 위해서 살아서는 안 된다. 누구도 대신할 수 없는 삶을 살아야 한다. 작가 조 E. 루이스는 "인생은 단 한 번이다. 하지만 제대로 살려면야 한 번으로도 충분하다"라고 말했다.

제대로 산다는 의미는 무엇일까? 이는 자신의 내면에서 들려오는 목소리에 귀 기울이는 삶이다. 영혼의 속삭임을 따라가는 삶이다. 자기가 무엇을 원하는지, 어떤 삶을 누리고 싶은지 가장 잘 아는 사람은 오직 자신이다.

혼자 여행을 해 보면 자기의 몸과 마음, 영혼의 부름에 답하는 삶을 알게 된다. 혼자만의 여행은 고통과 고독이 따르지만 다른 한편 형언할 수 없는 감동과 즐거움이 동반한다. 자기만을 위해 에너지를 완전히 쏟아붓는 경험은 그의 소중한 인생의 자산이 된다. 그것만으로도 남은 삶을 어떻게 살아야 할지 생생한 활력을 얻을 수 있다.

복잡한 관계 속에서 다양한 역할을 수행하며 살아갈수록 사람은 '혼자만의 즐거움'을 찾아야 한다. 그래야만 자신을 인생의 주인공으로 초대할 수 있다. 인위적인 규칙과 질서에서 자유롭게 자신의 영혼을 풀어놓을 수 있는 시간과 공간을 확보할 수 있을 때 사람은 행복을 느낀다. 자기 내면의 목소리를 경청하는 사람은 관계들로부터 방해받지 않는다.

모든 인생은 결국 혼자다. 혼자 용기 있게 걸을 수 있어야만 외로움과 쓸쓸함을 당당하게 견뎌나갈 수 있다. 혼자 산다는 것은 싱글이나 독신으로 산다는 의미가 아니다. 더불어 살아가는 삶 속에서 고유한 자신만의 즐거움과 아름다움을 추구한다는 뜻이다.

나이가 들면 걷는 것이 매우 중요하다. 의학계의 보고에 의하면 노년은 무리한 운동은 피하고 산책이 가장 좋은 운동이라고 한다. 내 주위에 보면 무병장수로 90을 넘기신 분이 다리를 쓰지 못해 두문불출하는 경우가 있고, 너무 다리를 써서 70에 관절에 이상이 생겨 동네 산에도 못 올라가는 사람도 있다.

『월든』의 저자 헨리 데이빗 소로우는 "산책을 좋아하는 사람이 되려면 하늘의 시혜를 받아야 한다"고 말했다. 홀로 걷는 것은 명상하기에 최적의 환경이다. 가만히 앉아서 명상하기 힘들다면 산책을 하면서 명상을 해 보라. 칸트는 매일 오후에 어김없이 같은 시간에 산책한 것으로 유명하다. 아침형 인간이 아니라면 낮이나 오후, 혹은 저녁을 먹고 나서 별밤을 걸어도 좋다.

모든 인생은 혼자 떠나는 여행이다. 누구의 남편, 누구의 아내, 누구의 부모로서 살아가는 삶은 잠시 접어둔 채 혼자 여행을 떠나 보면 자기를 찾을 수 있다.

## 이 타 카

이타카를 찾아 떠날 때

모험과 깨달음이 가득한

기나긴 여정이 되게 해달라고 기도하라

괴물을 두려워하지 마라

행복하고 진취적인 생각을 하면

진정한 열정이 몸과 마음과 정신에 기운을 북돋으면

괴물을 만나지 않으리라

영혼에 괴물을 들이지 않으면

영혼이 네 앞에 괴물을 앞세우지 않으면

괴물을 만나지 않으리라

1911년 그리스 시인 C. P. 카바피가 쓴 '이타카'는 재클린 케네디의 장례식에서 낭송한 시다. 자아 발견을 위해 떠나는 여행자에게 격려를 보내는 이 아름다운 시를 많은 사람은 비가(悲歌)로 받아들인다.

이타카는 그리스의 전설적 영웅 오디세우스의 고향이다. 호머의 대서사시 『오디세이(Odyssey)』에서 오디세우스는 트로이 전쟁을 승리로 이끈 후 10년 동안 이타카로 돌아가기 위해 세상을 돌아다니며 모험을 하고 도전하는 얘기를 그리고 있다.

우리는 궁극적으로 이타카를 찾아 떠나야 한다. 우리는 끝이라고 생각한 곳에서 다시 시작하기 위해서라도 인생의 한 번은 반드시 이타카를 찾아 떠나야 한다.

삶은 기나긴 여정이고, 사파리 여행이고, 순례이고, 최상의 예술이다. 우리는 길잡이이고, 탐사자이고, 개척자이고, 탐험자이고, 고고학자이고, 순례자이고, 시인이다.

우리는 사랑, 열정, 진정성을 찾아 헤맨다. 우리는 어디로 가는가. 집으로 간다. 이타카로 간다. 혼자 걷는다고 해서 혼자가 아니다. 조건 없이 우리를 사랑하는 존재가 이끌어 주고 있다. 우리는 한 번도 본 적이 없는 장소를 향해 가고 있다. 열정을 가지고 몸과 마음과 정신에 힘을 불어 넣자.

# 약간
# 모자람이 낫다

　최인호의 소설 『상도』에 계영배 이야기가 나온다. 의주의 만상(滿商) 임상옥이 석숭 큰스님으로부터 계영배를 선물 받고 이의 교훈을 거울 삼아 개성의 송상(松商)을 누르고 조선의 최고 상인이 된다는 줄거리다. 나는 계영배가 소설로 설정된 가상의 술잔으로 생각했다. 그러던 중 30 여 년이 지나 계영배가 실제로 있었던 술잔인 것을 알았다.

　계영배(戒盈杯)는 넘침을 경계하는 잔으로, 잔에 70% 이상 차면 술이 흘러 버리는 신비의 잔이다. 계영배는 고대 중국에서 제천 의식 때 사용했던 '의기(儀器)'에서 유래되었고 한다. 기록에 의하면 공자가 제나라 환공의 사당을 찾았을 때 생전의 환공이 늘 곁에 두고 보면서 스스로의 과욕을 경계하기 위해 사용했던 '의기'를 보았다고 한다.

　박근혜 대통령이 본격적으로 정치를 하면서부터 지인들이나 외국 손님들에게 계영배(戒盈杯)를 선물했는데, 국회의원 시절 크리스토퍼 힐 미국 국무부 동아태 차관보에게 계영배를 선물했고, 외교계에서는 우리나라 도자기 중 외국인 선물용으로 선호도 1등 제품이라 한다. 새누리당 비상대책위원회가 해체되면서 박근혜 위원장이 젊은 이준석 위원(28세)에게 준 선물이기도 하다. 이는 뜻이 있을 것이다. 가격은 50만 원 정도라고 한다.

계영배는 술을 70% 이상 따르면 술이 전부 빠져 나가니, 말하고 싶은 것도 70%만 말하고, 행동하고 싶은 것도 70%만 하고, 갖고 싶은 것도 70% 정도만 갖는 것에 만족하고 과욕을 하지 말라는 가르침을 주는 술잔이다.

퇴계 선생의 활인심방 (李退溪活人心方)에서 경계한 말들과도 맥을 같이 한다. 먼저 수본분(守本分)으로 자기 분수를 지키고, 둘째 지족(知足)으로 만족할 줄 알아야 할 것이며 셋째 과욕(寡慾)으로 욕심을 줄이고 넷째 처중(處中)으로 지나치거나 부족하지 않게 처신을 신중히 할 것이며 다섯째 계탐(戒貪)으로 천박한 탐욕을 내지 말라고 하였다.

과유불급(過猶不及)도 같은 뜻이다. 즉, 넘치는 것은 모자람만 못하기 때문이다. 겸손한 자세로, 욕심과 자만심을 누르고, 내가 틀릴 수 있다는 생각으로 항상 남의 말에 귀 기울이고, 나를 늘 뒤돌아보는 마음의 미학이 계영배의 가르침이다.

계영배는 '헤론의 분수'와 같이 '사이펀의 원리'를 이용한 것이다. 사이펀은 U자 모양으로 굽은 관으로, 한쪽은 길고 다른 한쪽은 짧은 모양이다. 이 관을 이용하면 액체가 든 병이나 통을 기울이거나 움직이지 않고도 높은 곳의 액체를 낮은 곳으로 옮길 수 있다. 대기압을 이용해 높은 곳의 액체를 낮은 곳으로 이동시키는 원리다.

계영배는 조선 후기 실학자였던 하백원과 우명옥이라는 도공이 만든 것으로 알려져 있다. 강원도 홍천에는 계영배를 만든 우명옥에 관한 전설이 전해지고 있다.

우명옥은 강원도 산골에서 질그릇을 구워 파는 사람이었는데, 사기

그릇을 만드는 유명한 광주분원에서 스승을 만나 실력을 쌓은 후 설백자기(雪白磁器)라는 훌륭한 도자기를 만들어 왕실에 진상했다 한다. 임금은 설백자기의 아름다움에 감탄해 상을 내리며 크게 칭찬했고, 이름난 도공이 된 우명옥은 명성과 재물을 얻게 되었다. 그러나 동료의 꾐에 넘어가 술에 빠져 방탕한 생활을 하다가 명예와 재산을 모두 잃고 말았다. 그의 스승은 다시 훌륭한 그릇을 만들라며 간곡하게 당부했고, 그제야 우명옥은 잘못을 뉘우치고 술을 끊었다.

몸과 마음을 깨끗하게 하고 밤낮없이 열심히 만든 것이 바로 계영배였다. 우명옥은 이 술잔을 스승께 드리고 어디론가 자취를 감추었다. 그 후 이 잔은 의주 상인 임상옥의 손으로 넘어가 임상옥은 계영배를 늘 옆에 두고 지나친 욕심을 경계하며 살면서 큰 재물을 모았다. 그리고 자신이 모은 재산을 가난한 사람들에게 나누어주며 존경받는 부자가 되었다.

인간관계에 있어서도 너무 똑똑하면 상대방이 경계를 하고 주위에 사람이 모여들지 않는다. 약간 여백이 있어야 한다. 속담에 "달도 차면 기우나니"란 말이 있다.

돈도 너무 많이 벌려고 애쓰지 말고 출세도 너무 욕심내면 안 된다. 큰돈을 모았다가 감옥에 가는 기업인들을 수없이 보았고 높이 올라갔다가 명예를 완전히 잃고 인격적으로 망신을 당하는 사람을 오늘도 볼 수 있다. 약간 어수룩하고 어벙벙하게 사는 것이 노후를 잘 보내는 지혜다.

# 장수시대에는
# 리스크가 너무 많다

인생백세도처다(人生百歲到處多)시대가 왔다. 두보의 인생칠십고래희(人生七十古來稀)는 호랑이 담배 먹던 시절 얘기가 된 지 오래다. 하기야 두보는 1300년 전 당나라 때 시인이니 얼마나 많은 세월이 흘렀는가.

옛날에는 수(壽), 부(富), 귀(貴: 사회적 지위가 높음), 강녕(康寧: 몸이 건강하고 마음이 편안함), 고종명(考終命: 명대로 살다가 편안히 죽음), 자손중다(子孫衆多)를 오복(五福)이라고 행복의 요건으로 삼았다. 즉 오래 사는 것이 오복 중의 하나였고 누구나 오래 살기를 원했지만, 요즘은 건강관리에 대한 관심과 의학 수준의 눈부신 발전으로 암에 걸리지 않는 한 보통 90은 산다. 그러나 이제 장수가 반갑지만은 않다. 물론 건강하고 경제적으로 어려움이 없이 살 수만 있다면 오래 사는 것이 당연히 축복받을 일이다.

노년이 되면 일곱 가지 리스크가 있는데, 첫 번째는 생각보다 오래 사는 장수 리스크다. 오래 살면 생활비나 병원비 등이 바닥이 나서 수명을 다하기 한참 전에 노후자금이 바닥날 수 있다. 현금자산이 있다 해도 언젠가는 바닥이 날 것이고, 국민연금은 물가상승에 따라 그 가치가 떨어질 것이며 개인연금도 만기가 있다. 주택연금을 받는다 해도 인간 수명이 늘어나는 것과 비례해 노후 생활 기간도 30~40년 가까이 늘어나면서 주택을 담보한 연금이 소진될 수도 있다.

어떤 사람은 90살까지 살 것으로 예상하고 현재 가지고 있는 돈을 해마다 얼마나 쓸 것인가 예산을 세워 놓고 여생지락(餘生之樂)을 누려 왔는데, 90을 넘겨 살게 되어 남은 돈이 없어 곤란을 겪게 되어 할 수 없이 아들 신세를 지게 되었다고 한다.

두 번째 리스크는 은퇴 후에도 생각만큼 생활비가 줄어들지 않는 리스크다. 그 이유는 병원비와 간병비가 많이 들기 때문이다. 세계보건기구 WHO발표에 따르면 한국인의 건강 수명은 71세에 불과하다. 건강 수명이란 평균수명에서 질병이나 부상으로 인해 활동하지 못한 기간을 뺀 것으로 실제로 활동하며 건강하게 산 기간을 나타내는 지표이다.

평균수명이 80세인 점을 감안하면, 한국인은 거의 10년 가까운 시간을 병치레하며 보내는 셈이다. 질병은 육체적 고통뿐만 아니라 재정적 어려움도 함께 가져 온다. 그러므로 노후를 대비해 돈을 많이 모으는 것만큼 건강관리도 중요하다. 즉 건강하면 돈을 절약할 수 있다.

세 번째는 인플레 리스크다. 돈의 가치가 자꾸 떨어져 노후를 대비해서 가입해 온 연금이나 예금의 실제 가치가 자꾸 줄어든다.

네 번째 리스크는 편중된 자산구조 리스크다. 최근까지는 목돈이 생기면 부동산에 투자해 두어 노후자금은 별 걱정이 없었다. 부동산 가격은 꾸준히 올랐기 때문에 노후에 부동산을 팔아서 쓰거나 임대소득으로 노후생활비를 마련할 수 있었다.

문제는 '부동산 불패'라고 이런 현상이 너무 오랫동안 계속되다 보니 자산구조가 지나치게 부동산에 편중하고 말았다. 지금 많은 가정이 부동산과 금융자산의 비율이 80대 20 정도이다. 심한 경우에는 전 재산이 강남의 고급 대형주상복합아파트뿐인 사람도 있다. 생계비가 없어 팔려고 해도 팔리지 않고 그렇다고 해서 헐값으로 팔기는 아까워서 부동산이 오를 때를 기다리며 은행대출을 받아 생계비로 쓴다고 한다.

소득 수준과 연령이 높아질수록 부동산의 비중을 줄이고 금융자산의 비중을 높이는 것이 이상적인 자산관리 원칙이다. 즉, 부동산과 금융자산의 비율을 현재와 반대로 20대 80으로 바꾸는 것이 노후를 잘 즐길 수 있는 방법이다.

우리나라는 유교적 사상에서 '그래도 자식에게 얼마라도 물려주어야지' 하는 고정관념에서 벗어나지 못하는 사람들이 아직도 많은데, 부동산을 팔아 하고 싶은 것 마음대로 하며 인생을 즐기다가 남은 것이 있으면 자식에게 물려주어야 한다. 미국이나 유럽에서는 이것을 당연한 것으로 알고 자식들도 부모의 재산을 탐내지 않는다.

미국의 스테판 폴란과 마크 레빈이 쓴 『다 쓰고 죽어라』라는 책에서는 "죽기 전에 한 푼도 남기지 말고 다 쓰라. 자식들에게 재산을 상속한다 해서 행복해지는 것이 아니다. 오히려 경제적 욕심으로 인하여 가족 관계가 손상을 입는 경우가 비일비재하기 때문에 상속은 자식들의 삶을 망치는 매우 바람직하지 않는 수단이다. 돈은 장례비용만 남겨놓고 다 쓰고 죽어라"라고 충격적인 메시지를 던지고 있다.

다섯 번째는 자녀 리스크다. 아무리 크게 성공하고 많은 돈을 벌었다 해도 자녀 문제로 노후에 큰 고생을 할 수 있다. 사업을 하는 자녀가 보증을 서 달라거나 살고 있는 집을 담보로 내 놓으라고 하면 거절하기가 무척 어렵다. 더구나 신용불량자가 되었다고 손을 벌리면 어쩔 수가 없다.

노부부가 생활자금으로 약간의 예금밖에 없어도 어쩔 수 없다. 자식이기는 부모 없다는 말이 있지 않는가. 내 주위에 어느 노부부는 평생 절약해서 모은 돈을 아들에게 내어 주고 지하쪽방에서 살고 있는 분이 있다. 모모 하는 정·관계 인사 중에도 자식 사업자금 대주느라고 노후에 고생하는 분을 나는 몇 분 안다. 요즘은 자식 없는 노인들이 차라리 속 편하다는 자조 섞인 얘기도 있다. 몸이 불편하고 생활이 어려운 경우, 자식이 없는 노인들은 요양시설에 갈 수 있고 정부의 지원금도 받기 때문에 살아가는 데는 지장이 없다고 한다.

여섯 번째로, 일 없이 오래 살아야 하는 무업장수(無業長壽) 리스크가 있다. 보통 일이라 하면 금전적 보상과 연결해서 생각하기 쉽지만 일거리는 인간관계나 시간 관리 측면에서도 중요하다. 직장을 중심으로 인간관계를 이어가는 대부분의 사람들은 정년퇴직을 하면서 인간관계의 마지막 끈마저 놓게 된다.

시간 관리도 문제다. 매일 등산과 골프 또는 바둑만 두며 지내기에는 30~40년이나 되는 노후가 너무 길다. 무업장수 리스크에 가장 적극적으로 대응하는 방법은 그림 그리기, 글쓰기, 악기 다루기, 서예 등 예술적인 취미를 찾는 것이다. 원예나 농사일도 좋다. 약간이라도 돈을 벌 수 있는 일자리가 있다면 체면이고 뭐고 다 집어치우고 취업해야 한다.

마지막 장수 리스크는 배우자를 먼저 떠나보내고 혼자 살아야 하는 독거장수(獨居長壽) 리스크이다. 통계청 자료에 따르면, 가구주가 60세 이상인 가구의 30퍼센트가 노인들이 혼자 사는 집이라고 한다. 이 가운데 상당수가 배우자와 사별하고 혼자 사는 고령 여성이다. 따라서 노후자금을 관리할 때는 부인이든 남편이든 마지막에 홀로 남는 배우자에 대한 배려가 필요하다.

# 노동도
# 즐기면 운동이다

사람들은 흔히 노동은 운동 효과가 없다고 알고 있다. 그러나 의학계의 연구에 의하면, 노동과 운동의 생리학적 메커니즘은 동일하나 종이 한 장의 차이가 있는데, 그 차이는 '즐거움'이 있느냐 없느냐, 마음이 동해서 하느냐 억지로 하느냐, 좋아서 하느냐, 싫은데도 할 수 없어 하느냐에 달려 있다고 한다.

운동선수가 올림픽에서 금메달을 따기 위해 또는 세계적인 야구선수나 골프선수가 되기 위해 피나는 노력을 하며 온갖 부상에 시달리고 사생활을 완전히 희생한다면, 그것은 그들에게는 운동이 아니고 노동일 수도 있다.

하지만 주말농장에서 한여름의 폭염에 구슬땀을 흘리며 채소를 가꾼다든지, 귀촌하여 전원생활을 하면서 하루 종일 정원에서 또는 밭에서 일을 해도, 그것은 좋아서 하는 것이기 때문에 노동이 아니고 운동이 될 수 있다. 이와 같이 '즐기면 운동, 그렇지 못하면 노동'이 된다.

박세리(1977년생)가 1998년 US Open LPGA에서 우승을 하여 세계 여자 골프계의 신성(新星)이 되어 주목을 받기 시작했다. 한번은 전설의 골퍼 낸시 로페즈(미국인으로 1957년생)와 한 조가 되어 시합을 했는데, 박세리가 말 한마디 없이 죽기 살기로 골프를 치니까, 낸시 로페즈가 박세리에게 "즐기면서 골프를 쳐"라고 조언을 했다고 한다. 당시 국내에서는 이 기사를 보고 박세리를 시기하여 기를 죽이려고 한 말이라고 분개했었다. 그러나 낸시 로페즈는 박세리에게 호의를 가지고 많은 도움을 주었다고 한다.

2002년 월드컵 때 히딩크(네덜란드, 1946년생)가 감독으로 부임하여 선수들에게 한 첫 말이 "축구를 즐기면서 하라"였다. 당시는 축구 선수는 물론이고 국민들도 이 말을 제대로 이해하지 못했다.

세계적인 첼리스트 장한나(1982년생)는 줄리아드 음대를 나와 첼로계에 혜성과 같이 활약하면서 하버드 대학 철학과를 다니기도 했고, 30대 초 어린 나이에 음악계의 꽃이라는 지휘자로 데뷔하기까지 하였다. 그런데 작년인가, TV 〈무릎팍 도사〉에서 강호동이 그렇게 여러 가지 하려면 너무 힘들지 않느냐고 물으니까 "즐기면서 하기 때문에 너무나 행복하다"고 천진난만하게 깔깔대며 파안대소하던 모습이 눈에 선하다.

'첼로의 성자'라고 추앙받는 파블로 카잘스는 97살까지 살았다. 그리고 오케스트라의 지휘자는 대개 장수한다고 하는데 그 이유는, 첫째, 지휘자는 매일 지휘봉을 휘두르며 연습을 하니까 적당한 운동이 되고 둘째, 수입이 많아 노후 재테크는 해결된 셈이고(서울시향 지휘자 정명훈의 연봉이 20억) 셋째, 항상 관중의 박수를 받으므로 정신적으로 기분이 고조되고 넷째, 많은 오케스트라 단원을 지배하므로 제왕(帝王)적 존재로 군림할 수 있기 때문이라고 한다.

루빈스타인은 95세까지 살았고 스토코프스키는 95세, 토스카니니는 90세에 세상을 떠났다.

유명 지휘자는 거액의 연봉을 받는데, 뉴욕 필하모닉의 지휘자 로린 마젤은 약 3백만 달러(약 36억), 보스턴 심퍼니의 지휘자 제임스 레바인는 약 2백만 달러, 샌프란시스코의 지휘자 마이클 토마스는 1백60만 달러, 로스앤젤레스의 지휘자 구스타브 두다멜는 약 1백만 달러, 필라델피아 오케스트라의 지휘자 야닉 네제 세갱은 약 1백만 달러를 받는다. 여기에 지휘수당과 1년에 2~3번 초청지휘가 있고 비행기 1등석, 특급호텔, 가족의 동반여행 경비까지 제공받으니 대단한 소득이다.

그동안 우리는 너무 어렵게 살아왔다. 불과 60년 전 일인당 국민소득 100불에서 지금 20,000불이 되었으니 이제는 일중독(workaholic)에서 벗어날 때가 되었다. 먹고 싶을 때 먹고, 놀고 싶을 때 놀며, 자기 멋에 살고, 개성 있는 옷으로 자신을 치장하는 등의 자유를 누려야 한다. 자기 설계에 따라 인생을 살아가고, 자기가 추구하는 행복의 그림에 따라 생활해야 한다. 이제 휴식을 통한 '삶의 질'을 챙겨야 하고 '잘 사는 것'의 가치를 부(富)뿐만 아니라 여가를 충분히 즐길 수 있는 삶에 두어야 한다. 따라서 무엇이든 즐기며 해야 한다.

30년 전, 뉴욕에 근무할 때 여름이면 아이들을 데리고 자동차 여행을 많이 했는데, 그때 주로 캠핑을 하였다. 당시 미국은 전국 각지에 시설 좋은 캠핑장이 곳곳에 있어 수도·전기는 물론이고 화장실도 설치되어 있었다. 몇십 년이 지난 요즘은, 우리나라도 이런 시설을 갖춘 캠핑장이 우후죽순으로 늘어나고 있다. 참으로 좋은 현상이다. 비용도 적게 들고 취사는 주로 아빠가 하니까 가족애도 듬뿍 살아나고 아이들은 물놀이를 하거나 매미도 잡고 곤충채집도 할 수 있으니 얼마나 좋은 여가 문화인가.

내가 겪는 일들을 즐길 줄 안다면 내 인생은 즐거워진다. 인생을 즐긴다는 것은 어려워 보이지만 긍정적인 생각과 행동으로 나아간다며 분명 할 수 있다. 운동을 하든 그림을 그리든 글을 쓰든 좋아하는 것을 즐길 줄 아는 사람이 인생을 제대로 사는 것이다.

나이를 먹으면 대부분 '즐긴다'는 것에 많이 망설이게 된다. 아마도 나이가 주는 '이미지'라는 체면을 차리기 때문일 것이다. 적당히 운동도 하고 체중 조절도 하면서 자신을 늘 가꾸는 노년을 만들어야 '마음만 청춘'이 아닌 '진짜로 청춘'으로 사는 것이다.

남은 인생 즐겁게 살아야 한다. 70~80대라 하여 노인으로만 있어서는 안 된다. 오늘의 노인은 어제의 노인이 아니다. 나름대로 취미라든지 일이 있어야 한다. 아니면 지금부터라도 무엇인가 배우고 갈고 닦으려는 노력이 필요하다. 새삼 '이 나이에 뭘' 하는 망설임은 버려야 한다. 하지 않음보다 늦게라도 시작함이 백번 좋은 것이다. 시작이 반이라는 말도 있고 늦었다고 생각할 때가 시작이라는 말도 있다. 아무리 달관하고 초월했다 해도 삶과 능력을 즐길 기회가 없으면 쓸모가 없는 것이다.

논어에 이르기를 "아는 자는 좋아하는 자만 못하고(知之者不如好之者) 좋아하는 자는 즐기는 자만 못하다(好之者不如樂之者)"라고 하였다. 많은 것을 알고 좋아하지만 즐겨하지 않는다면 그 무슨 소용이 있겠는가. 건강하고 즐겁게 살아야 한다. 인품과 교양도 쌓아 노년의 아름다움을 즐기며 살아야 한다.

노년의 즐거움은 단순 순박해야 하고 빈 듯이 소탈하고, 너그럽고 정다워야 한다. 구름 같은 인생, 그 순간순간을 즐기되 탐욕적인 타락

한 쾌락은 멀리해야 한다. 자연을 벗하며 겸손을 배우고 따뜻한 눈으로 주위를 바라볼 때 정다운 사랑의 문이 열리고 우리들의 마지막 황혼도 아름다울 것이다. 낙이불유(樂而不流, 즐거워도 무절제하지 않고) 애이불비(哀而不悲, 슬퍼해도 아파하지 않는다). 하나하나 잃어가는 상실의 시대보다 단순하게, 아이들처럼 함께 웃고 살도록 노력해야 한다.

즐기며 살면 행복해진다. 늙음 자체도 너무나 아름답게 보인다. 인생의 황혼기! 황혼은 너무나 아름답다. 구름 사이로 서서히 사라져가는 석양(夕陽)은 마음이 저려오도록 아름답다. 어찌 일출(日出)에 비하겠는가. 노년이라는 인생의 황혼은 가을의 단풍보다 찬란하고, 희디흰 백발은 겨울의 눈꽃보다 더 아름답다. 즐기면 즐거워진다. 남은 인생 즐겁게 웃으며 살자.

# 웃음은
# 삶의 묘약

큰 소리로 마음껏 웃어본 지가 언제였는지 기억이 가물가물하다. 아니 불혹의 나이가 넘어서는 배를 움켜쥐고 마음껏 웃은 적이 없는 것 같다. 젊은 시절, 배삼룡·구봉서의 '웃으면 복이 와요'라는 TV 코미디 프로는 '주말의 영화'와 함께 나의 TV 애청 1, 2위 프로였다. 그러던 것이 어느 사이 TV에는 코미디는 사라지고 그 자리에 개그가 자리 잡았다.

코미디(comedy)는 웃음을 주조로 하여 인간과 사회의 문제점을 경쾌하고 흥미 있게 다룬 극 형식이고, 개그(gag)는 연극이나 텔레비전에서 관객을 웃게 하기 위하여 하는 대사나 몸짓이다. 같은 개그를 보고 있는데도 손자 녀석은 정신없이 깔깔대며 웃고 있는데, 내 눈에는 유치하기만 하고 억지로만 보인다. 그저 희미하게 미소를 지을 뿐이다. 나이가 들어 점잖아져서일까?

그러나 희미하게 미소 짓는 것만으로도 내가 기대했던 것 이상의 효과를 얻은 적은 많다. 웃음에는 미소(微笑)·고소(苦笑:쓴웃음)·홍소(哄笑)·냉소(冷笑)·조소(嘲笑)·실소(失笑) 등이 있다. 또 웃음은 기쁨에서, 우스꽝스러움에서, 겸연쩍음에서, 또는 연기(演技)로 웃게 된다.

싱글벙글 웃는 것은 만족감을 나타내고, 능글능글 웃는 것은 비밀을 감추고 있는 것이며, 히죽히죽 웃는 것은 악의를 나타내는 것이다. 또한 깔깔 웃는 것은 기품이 없음을 나타내고, 큰 소리로 웃는 것은 대범함을 나타낸다. 일반적으로 유아(幼兒)나 어린이의 웃음은 신체적, 감정적이다. 나이가 들수록 정신적, 사회적인 웃음이 많아지며 표현은 미소로 변한다.

스탠퍼드 의과대학의 윌리엄 프라이 박사는 웃음의 효과에 대하여 30년간 연구했는데, 그에 의하면 하루 3분간 유쾌하게 웃는 것은 10분간 보트의 노를 젓는 운동을 한 것과 같은 효과를 낸다고 한다. 그리고 20초 동안 크게 소리 내어 웃으면 5분간의 에어로빅과 마찬가지의 효과를 얻을 수 있다는 것이다.

이렇듯 웃음은 우리 몸 안에 강력한 엔도르핀을 만들어 내어 그 효과로는 첫째, 웃음은 스트레스를 진정시키고 혈압을 떨어뜨리며, 혈액순환을 개선시키는 효과가 있다. 둘째, 배가 아플 때까지, 눈물이 나올 때까지, 숨을 쉴 때까지, 크게 웃고 난 뒤에는 기분이 좋아지고 후련해진다. 셋째, 웃고 나면 굳어진 어깨도 풀리고 스트레스도 사라진다. 넷째, 웃음은 기분을 바꿔 놓고 신체에도 긍정적인 영향을 준다. 그리고 웃음은 의학적 가치가 있어 병을 고치는 치료제로 이용한다고 한다.

이와 같이 웃음은 건강상 여러 가지 유익한 작용을 하며 웃음은 신이 인간에게만 내린 축복이다. 지구에는 웃을 수 있는 동물은 인간밖에 없다. 웃음은 보약보다 좋다.

웃음의 반대는 스트레스다. 여자가 남자보다 7년 오래 사는 이유는 자주 웃기 때문이라고 한다. 얼굴이 굳어있거나 깊은 고민에 빠지는 사람이 수명이 짧다. 웃음은 성공과 장수의 지름길이다. 웃으면 복이 온다.

서양 속담에 웃음은 내면의 조깅이란 말이 있다. 중국 속담에는 "웃음이 없는 남자는 상점을 열어서는 안 된다'고 한다. 우리나라 속담에는 "웃는 낯에 침 뱉으랴"는 말이 있다. 웃음은 동서양을 막론하고 약이며 명약이다. 웃음은 만병통치약이다. 조선시대에는 웃음내시가 있었다고 한다. 1백 년 전에는 새의 깃털로 간지럼 태워 환자를 치료했다고 한다.

웃음이란 일을 즐겁게 하고, 친교를 돈독하게 해 주며, 가정을 밝게 해 준다. 서로가 웃으면서 대하면 한결 부드러운 사이가 된다. 웃음이 있는 곳엔 항상 많은 사람이 모인다. 좋은 웃음은 집안의 햇빛이며 웃음이 있는 곳에 행복이 있고 고난도 웃음으로 이겨낸다. 인상 좋은 웃음에는 상대방을 당기는 힘이 있다.

저명한 컨설턴트 어니 젤린스키의 『모르고 사는 즐거움』이란 책을 보면 "우리가 하는 걱정거리의 40%는 절대로 일어나지 않는 것들이고, 30%는 이미 일어난 사건, 22%는 사소한 사건들, 4%는 우리가 바꿀 수 없는 것들에 대한 것들이다. 나머지 4%만이 우리가 대처할 수 있는 진짜 사건이다. 즉, 96%의 걱정거리가 쓸데없는 것이다'라고 한다.

고민은 우리의 영혼과 육신을 갉아 먹는다. 그 쓸데없는 96%의 걱정거리를 해결하는 데 웃음만 한 것이 없다. 내가 미소 짓기를 선택할 때 나는 내 감정의 주인이 된다. 낙담, 절망, 좌절, 공포는 내 미소 앞에서 다 사라져 버리는 것이다.

웃음이 이만큼 중요하기 때문에 웃음에 관한 선현들의 명언이 많다. 윌리엄 제임스는 "우리는 행복하기 때문에 웃는 것이 아니고 웃기 때문에 행복하다'고 했다. 윌리엄 셰익스피어는 "그대의 마음을 웃음과 기쁨으로 감싸라. 그러면 천 가지 해로움을 막아 주고 생명을 연장시켜 줄 것이다'라고 하였다. 칼 조세프 쿠셀은 "웃음은 마음의 치료제일 뿐만 아니라 몸의 미용제이다. 당신은 웃을 때 가장 아름답다"라고 하였다. 알랭은 "아름다운 의복보다는 웃는 얼굴이 훨씬 인상적이다. 기분 나쁜 일이 있더라도 웃음으로 넘겨보라. 찡그린 얼굴을 펴기만 해도 마음은 한결 편해질 것이다. 웃는 얼굴은 좋은 화장일 뿐만 아니라 피의 순환을 좋게 하는 효과가 있다. 웃음은 인생의 약이다"라고 하였다.

여자는 웃어야 예쁘다. 중국 춘추시대 월국(越國)의 미녀로 중국의 4대 미녀 중 한 명으로 손꼽히는 서시(西施)는 지병을 앓던 심장병의 통증으로 항상 찡그리고 있어 백성들이 이를 흉내 내었다고 하는데 그때는 먼 옛날의 일로 웃는 것은 상서롭게 생각했다.

몇십 년 전만 해도 살기에 찌들어서인지 얼굴에 웃음이 별로 없었는데 요새 와서는 웃는 얼굴로 대화하는 사람이 많아졌다. 미소를 지으며 얘기를 하면 상대방에게 좋은 인상을 줄뿐더러 자신도 부드러운 마음으로 대화를 할 수 있다.

우리가 행복할 때 우리 주변의 모든 사람들 역시 행복해 보이고, 우리 기분이 축 처질 때는 다른 사람들도 축 처져 보인다. 우리 얼굴 표정은 스스로의 기분뿐만 아니라 주변 사람들의 기분에도 영향을 미친다. 웃음은 전염된다. 웃음은 감염된다. 우리가 웃음 짓거나 즐거운 표정을 지을 때 우리 스스로도 기분이 좋아지며 다른 사람들 역시 기분이 좋아지고 우리를 더 좋아하게 된다. 그러므로 습관적으로 항상 미소를 짓는 것이야말로 모두에게 좋은 일이 아닐까?

조지 산타야나는 "웃지 않는 청년은 야만인이요, 웃지 않는 노인은 바보다"라고 하였다. 엘라 윌러 윌콕스의 말대로 "웃어라. 그러면 세상도 그대와 함께 웃는다. 울어라. 그러면 그대 혼자 울게 된다"

# 마음이 청춘이면
# 몸도 청춘이다

중·고교 시절 읽을거리에 목말라하던 때 새 학기가 되어 교과서를 받으면 먼저 국어 책을 펼치고 산뜻한 인쇄 냄새를 맡으며 재미있는 글부터 읽어 나갔다. 하굣길에도 읽기를 멈추지 않아 전봇대에 머리를 부딪친 적도 있다.

그때 주옥같은 글들은 이효석의 『낙엽을 태우면서』, 정비석의 『산정무한』, 이양하의 『신록예찬』, 천관우의 『그랜드캐년』 등이다. 제목만 기억할 뿐 내용은 희미하게 아른거려 언제 시간이 나면 국립도서관에 가서 그 옛날 국어 교과서를 대여하여 읽으려고 생각하고 있었다.

그러던 차 얼마 전 중학교 2학년에 다니는 손자 녀석 생일 점심을 사주고, 아들 집에 들러 커피와 과일을 먹다가 우연히 손자의 국어 교과서를 보게 되었다. 요즘은 교과서를 학교 사물함에 두고 오는데 손자 놈도 나를 닮아서인지 책 읽기를 좋아해서 주말에 국어 책을 보려고 집에 가지고 왔다 한다.

국어 책을 들추다가 눈에 번쩍 띄는 수필이 눈에 들어왔다. 민태원의 '청춘예찬'이었다. 믿어지지가 않았다. 60년 전에 실린 글이 지금도 국어 책에 건재하다니 놀람 그 자체였다. 내가 무척 좋아했던 글이었고, 지금도 "청춘! 이는 듣기만 하여도 가슴이 설레는 말이다. 이성은 날카로우나 투명하되 얼음과 같으며, 지혜는 속에 든 칼이다" 등 몇 문장은 기억하고 있다.

민태원(1894~1935)의 호는 우보(牛步)이고 고향이 충남 서산이며 와세다대학 정치경제학과를 졸업한 후 김억, 변영로, 염상섭 등과 함께 〈폐허〉 동인으로 활동하면서 본격적인 창작활동을 하였다. 동아일보 사회부장, 조선일보 편집국장을 지내면서 여러 소설을 쓰기도 했다. 1918년에는 한국에서 처음으로 빅토르 위고의 『레미제라블』을 『애사(哀史)』라는 제목으로 번역하기도 했다.

국어 책에 실린 민태원의 '청춘예찬'을 옮겨 본다.


청춘! 이는 듣기만 하여도 가슴이 설레는 말이다. 청춘! 너의 두 손을 대고 물방아 같은 심장의 고동을 들어 보라. 청춘의 피는 끓는다. 끓는 피에 뛰노는 심장은 거선(巨船)의 기관같이 힘 있다. 이것이다. 인류의 역사를 꾸며 내려온 동력은 꼭 이것이다. 이성은 날카로우나 투명하되 얼음과 같으며, 지혜는 속에 든 칼이다. 청춘의 끓는 피가 아니라면 인간이 얼마나 쓸쓸하랴? 얼음에 싸인 만물은 죽음이 있을 뿐이다.


(중략)


사랑의 풀이 없으면 인간은 사막이다. 오아시스도 없는 사막이다. 보이는 끝까지 찾아다녀도, 목숨이 있는 때까지 방황하여도, 보이는 것은 모래뿐인 것이다. 이상의 꽃이 없으면 쓸쓸한 인간에 남는 것은 영락(榮

樂)과 부패뿐이다. 낙원을 장식하는 천자만홍(千紫萬紅)이 어디 있으며, 인생을 풍부하게 하는 온갖 과실이 어디 있으랴?

이상! 우리의 청춘이 가장 많이 품고 있는 이상! 이것이야말로 무한한 가치를 가진 것이다. 사람은 크고 작고 간에 이상이 있으므로 용감하고 굳세게 살 수 있는 것이다.

(중략)

이상! 빛나는 귀중한 이상, 그것은 청춘이 누리는 바 특권이다. 그들은 순진한지라 감동하기 쉽고 그들은 점염(點染)이 적은지라 죄악에 병들지 아니하였고, 그들은 앞이 긴지라 착목(着目)하는 곳이 원대하고, 그들은 피가 더운지라 현실에 대한 자신과 용기가 있다. 그러므로 그들은 이상의 보배를 능히 품으며, 그들의 이상의 아름답고 소담스러운 열매를 맺어 우리 인생을 풍부하게 하는 것이다.

보라, 청춘을! 그들의 몸이 얼마나 튼튼하며, 그들의 피부가 얼마나 생생하며, 그들의 눈에 무엇이 타오르고 있는가? 우리 눈이 그것을 보는 때에 우리의 귀는 생의 찬미를 듣는다. 그것은 웅대한 관현악이며, 미묘한 교향악이다. 뼈끝에 스며들어가는 열락의 소리다.

청춘은 인생의 황금시대다. 우리는 이 황금시대의 가치를 충분히 발휘하기 위하여, 이 황금시대를 영원히 붙잡아 두기 위하여, 힘차게 노래하며 힘차게 약동하자!

이렇게 수식이 현란하고 풍부하며 힘찬 호흡의 문체는 요즘 수필에서는 찾아보기 힘들다. 정말 수작이다. 특히 처음 시작하는 문장이나 핵심어를 간단히 영탄으로 제시함으로써 자신의 주장에 적극적으로 호응할 수 있는 장치를 마련하고 있다.

미국의 시인 사무엘 울만은 '청춘'이라는 유명한 시에서 "청춘이란 어떤 시기가 아니라 마음가짐"이라고 하였다. "때로는 스무 살의 청년보다 예순 살의 노인이 더 청춘일 수 있다"고 하였고 "나이를 더해 가는 것만으로 사람은 늙지 않는다"고 하였다. "이상을 잃어버릴 때 늙는다고 하였으며 열정을 잃어버리면 마음이 시든다"고 하였다. 그리고 "머리를 높이 쳐들고 희망의 물결을 붙잡는 한 여든이라도 인간은 청춘으로 남는다"고 하였다.

고려시대 왕(王)의 평균수명은 42세, 조선시대 27명의 임금님 평균수명은 47세였고, 민초들의 평균수명은 조선시대 24세, 한일합병이 되던 1900년은 36세, 4·19혁명이 나던 1960년은 52세였다.

의학의 발전과 개인들의 건강에 대한 관심의 고조로, 1970년 평균수명은 남자 58.6세, 여자 65.5세, 20년이 지난 1990년에는 남자 67.2세, 여자 75.5세였던 것이 또 20년이 지난 2010년에는 남자 77.2세, 여자 84.0세로 올라갔다. 이렇게 매 20년마다 평균수명이 10년씩 늘어가고 있다.

이 추세로 보아 앞으로 20년 내에 평균수명 100세 장수시대가 말뿐이 아니고 실제로 실현 될 것이다. 이렇게 보면 분명히 인생 70은 시작에 불과하다. 100세 장수시대를 맞이하여 열정과 젊은 마음을 가지고 살아가야 하지 않을까?

# 캠핑은
# 젊은이들만 하나?

금년 여름은 유난히도 길다. 한걸음 빨리 가을을 맞이하고 싶은 마음이 간절할 즈음 H로부터 전화가 왔다. 그는 용평선수촌에 아파트를 가지고 있는데 부부 동반으로 며칠 바람을 쐬고 오자는 제의였다. H는 10살 아래 직장 후배로, 같이 근무할 때 별로 잘 봐준 것도 없는데 퇴직하고 나서도 가끔 안부 전화도 하고 소주도 대접하곤 하는 고마운 후배다.

직장에서 이런 후배 몇 명을 더 만나 관계를 유지했더라면 노후를 훨씬 풍요롭게 보낼 수 있을 텐데 하는 아쉬움이 진하게 가슴을 찐하게 한다. 하지만 요즘같이 각박한 세상에 내가 아무리 잘해주었다 하더라도 이런 후배를 만난다는 것은 로또와 같은 행운이다. 자식이 부모 은덕도 모르는 세상에 이런 의리와 인정 있는 사람이 어찌 그리 흔하겠는가.

봉평에 도착하여 '현대막국수'라는 유명한 식당에서 점심을 먹고 '효석문화마을'을 찾았다. 우선 허 생원과 성씨 처녀의 로맨스가 흐르는 '물레방앗간'도 둘러보고 '이효석문학관'에 들러 이효석의 생애와 문학세계를 자세히 들여다보았다.

원래 이번 여행은 서두르지 말고, 여러 곳을 보려고도 하지 말고, 유유자적하며, 한가하게 휴가를 즐기자는 것이 콘셉트였기 때문에 이효석 공부 한번 제대로 하였다. 이효석 생가는 여러 번 방문한 적이 있는데 이 문학관은 최근에 개장한 곳으로 규모도 제법 크고 우리나라에서 대표적인 문학관으로 평가받는다고 한다.

'이효석 생가'는 현재 홍씨 소유인데 6~7년 전 들렀을 때는 차만 팔았는데, 지금은 막국수와 술도 팔고 있었다. 철이 약간 일러 '소금을 뿌린 듯한 하얀 메밀꽃'은 보지 못했지만 생가에서 메밀묵을 안주 삼아 메밀막걸리를 한잔씩 나누었다.

용평 H의 아파트에 짐을 풀고 저녁은 평창한우로 바비큐를 즐겼다. 용평은 확실히 서울보다 훨씬 시원했다. 여기는 에어컨 있는 집이 없다고 한다. 다음 날은 6백만 평이나 되는 동양에서 제일 크다는 '삼양대관령목장'을 차로, 또는 걸어서 둘러보고 H의 지인이 운영한다는 캠핑장을 구경하기로 하였다.

최근 5년 전부터 가족캠핑이 열풍을 타고 급격히 늘고 있다. 전국에 캠핑장이 1,400개가 넘고 캠핑동호회가 약 2,000여 개로, 어느 캠핑카페는 회원 수가 12만 명이 넘는다고 한다. 휴일에 한강둔치나 공원에 가보면 땡볕 밑에서도 텐트를 쳐 놓고 아이들과 논다. 아주 바람직한 현상이다. 지금까지는 남자는 휴일이면 친구들과 등산 가고 골프 치고 낚시 가곤 했는데 이제는 가족과 함께 레저를 즐긴다. 이것도 선진국으로 가는 길목이라고 생각한다.

30여 년 전, 초등학교에 다니는 아이들을 데리고 뉴욕에 근무했는데, 주말이면 멀리 여행을 많이 했다. 처음에는 모텔에 묵었는데, 미국 사람들이 캠핑장에서 가족과 함께 묵으며 운동도 하고 노는 것을 보고 우리도 캠핑도구를 사서 1박2일 주말여행은 주로 캠핑을 많이 했다. 귀국

발령이 나서 캠핑도구 일습을 한국에 가지고 왔으나 쓸모가 없었다. 그때는 아직 가족 단위의 캠핑 문화가 없었다. 그저 대학생들이 해수욕장 아니면 산에서 캠핑을 하던 시절이었다.

나도 대학과 총각 시절 동생이나 친구들과 해수욕장과 산에서 캠핑을 많이 했다. 그 시절은 텐트, 코펠, 버너 등 캠핑도구 모두가 군수용품으로 남대문시장에서 샀다. 그러다가 산에서 취사행위가 금지됨에 따라 캠핑도 자연히 시들해졌다.

그러던 것이 국민소득이 높아져 도시생활이 기계화되고 이에 따른 물질문명에 대한 싫증으로 자연친화적인 생활을 추구하게 되었고, 인간다운 가족생활을 그리워함에 따라 가족과 함께하는 캠핑이 대유행이 되었다. 캠핑이 뜨거운 국민 레저로 자리를 잡은 것이다.

H의 지인이 운영하는 캠핑장은 'Art in Iris Island'로 이름부터 무척 맛깔스럽고 심상치 않았다. Iris 하면 보라색을 자랑하는 붓꽃으로 이병헌이 주연한 드라마, 리처드 에어 감독의 영화, 스페인산 포도주의 이름이기도 하다.

이 캠핑장은 수려하고 수량 풍부한 홍정계곡을 끼고 있으며, 캠프 100개를 수용하는 1만 평이지만 뒷산까지 포함하면 1백만 평이라고 한다. 대표 박 박사(그는 물을 전공한 이학박사임)는 한국환경컨설팅학회 이사와 (사)한국산림경영인협회 중앙회 부회장도 맡고 있는데, 이 캠핑장이 전국에서 1위로 평가받고 있으며 한여름에는 두 달 전에 예약해야 할 정도로 명성을 떨치고 있다 한다.

지금은 방학이 끝나서 빈자리도 많고 마침 박 대표가 캠핑도구를 빌려 준다 하여, 옛 추억도 더듬을 겸 오늘 밤은 캠핑을 하기로 하였다.

박 대표의 호의로 피톤치드를 가장 많이 내뿜는다는 편백나무 우거진 원시림을 옛 장돌뱅이가 다니던 길을 따라 1시간에 걸쳐 드라이브한 후 H부부는 떠나고, 어느덧 저녁이 되어 랜턴을 키고 우리끼리 오붓하게 숯불에 감자도 굽고 고구마도 구워 먹으며 소맥에 바비큐를 즐겼다.

서울에서는 좀처럼 볼 수 없는 총총히 떠 있는 밤하늘의 별을 세며, 촉촉한 밤공기를 타고 어디선가 흘러 들려오는 기타 소리에 둘이서 노래를 흥얼거리며 30여 년 전으로 시간여행을 하였다.

새벽 일찍 일어나 피톤치드를 내뿜는 편백나무, 잣나무, 소나무 사이를 산책하며 찌든 폐를 깨끗이 정화한 다음, 텐트로 돌아와 따끈한 커피를 즐겼다. 여기서 마시는 커피 향기가 유난히 코를 즐겁게 했다.

간단히 아침을 먹고 흥정계곡을 따라 허브나라로 갔다. 흥정계곡은 흥정산(1278m)과 회령봉(1309m)에서 발원하여 평창군 봉평면 흥정리에서 용평면 백옥포리에 걸쳐 흐르는 계곡으로, 사시사철 수량이 풍부하며 물이 맑고 깨끗하다. 울창한 수림과 협곡을 따라 거센 물줄기로 흐르면서 중간 중간 푸른 소(沼)를 형성시키는가 하면 넓고 편평한 지대를 흘러가기도 한다. 폭 3m, 길이 약 20m, 깊이 5m의 구유소(沼)는 흥정계곡 중 가장 깊고 물 흐름이 센 곳이다. 계곡을 따라 물푸레나무·싸리나무·단풍나무 등이 숲을 이루고, 상류에는 냉수성 어류인 열목어와 송어가 다량 서식한다.

맑은 계곡을 바라보며 자리 잡은 허브나라농원은 허브의 모든 것에 대해 알 수 있는 허브정원과 테마별로 꾸며진 어린이정원, 향기정원, 세익스피어정원, 명상정원 등이 있어 이를 차례로 산책하며 허브의 향기에 흠뻑 취했다. 다양한 허브 음식을 맛볼 수 있는 레스토랑과 허브 상품을 구입할 수 있는 매장도 있었다.

이곳에서 하룻밤을 묵으니 옛 추억이 새록새록 솟아오르고, 아이들이 뛰노는 것을 보고 있노라니 절로 젊어지는 기분이 들었다. 애들은 아직 학교에 가지 않는 4~5세 정도의 아이들로 저들끼리 어울려 노는 것을 보노라면 얼마나 귀여운지 시간 가는 줄을 모르겠다.

이제는 나이의 성역이 없다. 어제의 노인은 오늘의 노인이 아니다. 모든 게 저 하기 나름이다. 젊은이가 하는 취미 생활을 노년이라고 못 할 것 없다. 젊은이와 어린이 속에 섞여서 함께 캠핑장에 며칠간 머무는 것도 회춘의 한 방법이 아닐까 생각해 본다.

# 70대가 인생에서
# 제일 좋을 때다

인생 70은 막바지가 아니다. 새 마음으로 오히려 새로운 설계가 필요한 시기다. 앞으로의 이삼십 년을 어떻게 살 것인가 생각해 보아야 한다. 이삼십 년은 웬만한 사람들의 한 인생일 수도 있다. 헛되이, 지루하게 남은 인생을 살아서는 안 된다. 꿈을 버릴 때 인간은 주저앉아 절망한다. 대부분의 노년들은 나이가 들어가면서 이미 지나간 젊음을 아쉬워하기만 했지 찾아오는 노년에 대하여 보람 있게 맞이할 생각을 못 한다.

70대의 나이는 늙은이가 아니다. 자신이 늙었다 인정하는 사람이 늙은이다. 아직 늙지 않았다며 꿋꿋하면 아직 젊은이다. 그러면 언제가 인생에서 가장 행복을 느끼는 시기일까? 영국의 작가 겸 교수인 루이스 월포트의 『You're Looking Very Well』이라는 책에 의하면 연령이 높은 사람이 행복지수가 높다고 한다.

나이가 들수록 행복한 이유에 대해 그는 "노년에 나이가 들면서 자기 시간을 충분히 이용하고 생각을 할 수 있는 시간이 생긴다"며 "자신이 좋아하는 일을 더욱 더 매진할 수 있게 되기 때문에 행복지수가 전 생애 중 가장 높다"고 설명했다. 또 다른 연구에 따르면 놀랍게도 인생의 황혼기에 접어든 74세에서 삶의 행복도가 가장 높은 것으로 조사됐다.

70대는 결코 인생 쇠퇴기가 아니다. 오히려 경륜이라는 지혜가 가장 왕성할 때다. 또한 다가오는 죽음에 대한 철학이 확고히 서 있을 때다. 그래서 오히려 두려움이 없는 시기다. 연구진에 의하면 "이 나이는 사회적 책임감이나 경제력에 대한 부담감이 덜하고, 이전 삶에서 맛보지 못했던 자기만족의 시간이 더 많아지는 시기이기 때문"이라고 한다.

독일과 미국 연구진은 공동으로 성인 남녀 21,000명을 대상으로 그들이 얼마나 행복하게 살고 있는지를 조사했다. 조사 결과 10대~40대까지는 행복도가 그다지 높지 않은 것으로 나타났다. 이러한 추세는 46세까지 이어지다가 74세가 되면서 행복도가 높아지기 시작한 것으로 조사됐다.

20대와 30대에서는 결혼해서 가족을 이루고, 집을 사야 하고, 자녀교육을 시키고, 사업을 성공시켜 돈도 모으고 승진도 해야 하는 압박감 때문에 스트레스를 많이 받으므로 행복도가 낮게 나타났다.

어떤 논문에서 연구진은 행복도가 다르게 나타난 데 대해 이런 결론을 내렸다. "젊은 층에 비해 나이든 사람들은 삶에 대해 더 감사하게 생각하는 경향을 보이기 때문일 수 있다. 또 노년층은 사회 상호작용에서 감정적 측면을 더 강조하는 경향이 있다. 또한 그들의 경험을 통해서 얻은 만족감을 감성적으로 기억하고 있기 때문이다."

중년과 노년은 결코 초라한 쇠퇴기가 아니다. 그들은 죽음을 맞이할 준비를 한다. 그래서 그만큼 여유가 있다. 하루하루를 더 충실하게 인생을 살아갈 수 있다. 따라서 건강이 뒷받침해 주고 생활비에 걱정이 없어야 하지만, 70대는 인생 최대의 행복감을 느끼면서 살아갈 수 있다.

70대는 인간이 지닌 경험과 지식을 통해 쌓은 경륜을 통해 얻은 최고의 지혜가 발휘될 때다. 그리고 인생에서 생기는 문제들을 긴 안목으로 바라볼 수 있는 나이다. 유유자적하며 물 흐르듯 구름 넘어가듯 자기가 하고 싶은 일을 즐기며 마음대로 할 수 있으니 얼마나 행복한 나이인가.

# 떠나는 뒷모습이
# 아름다워야

지난 토요일 늦은 밤(2013. 7. 20.) KBS 1TV '세계는 지금'에서 일본 영화 〈엔딩 노트〉에 대한 방송이 있었다. 〈엔딩 노트〉는 '버킷 리스트'의 일본식 영어라고 생각된다. 일본에서는 지금 임종을 준비하는 활동인 슈카츠(終活) 즉, 엔딩 노트가 각광받고 있다고 한다. 후회 없는 인생의 마무리를 위해 죽음에 대해 배우고, 사후의 신변 정리까지 스스로 꼼꼼히 챙기는 것이다. 엔딩 노트는 2012년 일본 10대 유행어였다고 한다.

이 방송의 요지는 다음과 같다.

"남겨진 사람들이 곤란하지 않기 위해서 쓰는 거라고 생각해요. 그리고 잠시 멈춰 서서 자신을 돌아보며 생각해 볼 수도 있어요." 3년째 엔딩 노트를 작성 중인 이시가미 루미코 씨(63세). 불의의 사고로 자식을 잃은 후 죽음에 대해 생각하게 되었다는 그녀는 재산 상속부터 장례식 절차까지, 원하는 바를 엔딩 노트에 꼼꼼히 적었다. 난치병에 걸린 상황에서의 대처법이나 인공적인 생명 유지 장치에 대한 거부, 사후 시신 기증 등 세세한 부분까지도 엔딩 노트 한 권에 담았다. 루미코 씨는 엔딩 노트 작성이 남겨진 사람들을 위한 하나의 예의이자 현재를 충실하게 보낼 수 있는 좋은 방법이라고 생각하고 있다.

현재 일본은 네 명 중 한 명이 65세 이상의 노인일 정도로 초고령화 사회로 접어들었다. 이미 독신 세대가 30%를 넘어섰고, 지금도 매해 고독사로 3만 명 이상이 사망한다고 한다. 이러한 사회적인 분위기는 일본인에게 '죽음'에 대해 진지한 고민을 하게 만들었고, 임종을 미리 준비하는 슈카츠 열풍을 불러 일으켰다. 그런데 슈카츠는 죽음을 준비하는 고령 세대뿐만 아니라 젊은 층에서도 조용히 확산되고 있다. 슈카츠가 단순히 죽음을 준비하는 것에서 그치는 것이 아니라 자기 삶의 중간 점검이라 생각하기 때문이다. 슈카츠는 죽음을 고민함과 동시에 현재의 삶을 되돌아볼 수 있게 한다.

영화 〈엔딩 노트〉의 줄거리는 다음과 같다.

영화의 주인공은 베이비 붐 시대에 태어난 평범한 가장이자 유쾌한 성격의 샐러리맨이다. 40여 년간 한 직장에서 몸 바쳐 일하고, 이제는 정년퇴직하여 제2의 삶을 시작하려는 그때, 그는 위암 말기라는 충격적인 선고를 받는다. 보통 사람이라면 크게 좌절하고 삶에 대한 희망도 잃어버릴 듯한 그 소식 앞에서 그는 담담하게 인생의 마무리를 위한 준비를 시작한다. 평소 꼼꼼한 성격이었던 그가 죽음을 앞두고 하고 싶은 것들을 엔딩 노트에 하나씩 적어 실천해 나간다.

그의 엔딩 노트는 '한 번도 찍어보지 않았던 야당에 투표하기', '평생 믿지 않았던 신을 믿어보기', '손녀들과 힘껏 놀아주기', '아내에게 처음으로 사랑한다 말하기' 등 결코 거창하지 않고 소소한 내용들로 이루어져 있다. 그에게는 죽음을 앞두고 자신이 이루지 못했던 것에 대한 무리한 도전보다는, 바쁜 직장 생활로 인해 소홀했던 가족들과 시간을 함께 보내는 것이 무엇보다 더욱 소중했기 때문이다. 그렇게 소소하지만, 소소하지 않은 계획들을 실천했던 그는, 점차 악화되는 병세에도 결코 괴로운 내색을 하지 않고 특유의 유쾌함으로 여느 때와 다름없는 생활을 하며 자신의 인생을 마무리해 간다.

이 영화의 가장 큰 특징이기도 하자, 영화를 보면서 가장 인상 깊었던 것은 죽음에 대해 새로운 시각을 가지게 해주었다는 것이다. 보통 가족의 죽음 특히 병마로 인한 죽음을 다룬 영화나 다큐멘터리는 병에 걸린 주인공이나 가족들이 육체적, 감정적으로 괴로워하고 슬퍼하는 모습을 그대로 보여주는 것이 많다. 그래서인지 보면서 죽음은 늘 공포의 대상, 두려움의 대상으로 느껴지곤 했다.

그런데 이 영화는 조금 달랐다. 죽음을 다룬 영화에서 이런 감정을 느낄 수도 있구나 싶을 정도로 영화를 보고 난 후 슬프고 어두운 감정보다는 산뜻하고 가벼운 느낌만이 남아 있었다. 암 선고를 받고 나서도 절망하지 않고 평소 모습 그대로 최선을 다해 살아가려고 노력한 주인공을 보면서 그와 같은 마음가짐으로 죽음을 맞이한다면 죽음이라는 것도 그리 무서운 것이 아니라는 생각을 하게 되었다.

누구나 죽음이라는 것은 다가오기에, 그것이 본인일 수도 있고, 가족 혹은 주위의 누군가가 될 수도 있기 때문에 힘들지만 받아들이고, 되도록이면 '인간답게' 마무리하고 싶어 한다. 어쩌면 주인공에게는 그 준비 시간은 주어졌기에 가족, 손녀들과 함께 행복함을 누리고 떠날 수 있었다고 본다.

영화 속 주인공은 이 세상 많은 아버지들의 모습을 대변하기도 한다. 그는 40여 년 넘게 한 회사에서 일하면서 자식들을 뒷바라지한다. 잦은 회식과 술자리 때문에 집에 일찍 들어오는 날이 별로 없어 부인의 속을 썩이기도 한다. 우리가 겪었던 과거와 똑같다. 은퇴 후 이제야 자신의 삶을 가지나 싶었으나 갑자기 찾아온 병마이지만 자신을 위한 삶이 얼마 남지 않은 상황에서도 그가 오로지 걱정하고 생각하는 것은 바로 '가족'이었다.

먼 미국에서 자신을 보기 위해 와준 아들 내외와 손녀딸들에게 연신 "고맙다"고 말하고, 생의 마지막을 앞두고 부인에게 지금까지는 하지 못했던 "사랑한다"는 말을 하기도 한다. 마음속으로는 늘 부인과 자식들에게 고맙고 사랑하는 마음을 가지고 있지만 쑥스러움 때문에 말하지 못했던 주인공은 불유구(不踰矩, 나이 70)의 언덕을 넘어가고 있는 우리들의 자화상이다.

KBS 방송 내용에 의하면 〈엔딩 노트〉는 단순히 영화 제목을 말하는 것만이 아니라, 실제 일본에서 판매되고 있는 노트라고 한다. 자신의 장례식에 대한 필요한 정보나 자신의 희망 등 자신이 죽은 후, 의식이 없어진 후, 의사의 전달을 할 수 없게 된 후의 일에 대해서, 자신이 아직 건강한 동안에 엔딩 노트에 적어 둔다고 한다. 주로 다음과 같은 내용을 적어 놓는데 나이 든 사람뿐 아니라 젊은이들에게도 엔딩 노트가 번져 나가고 있다 한다.

1. 병이 들었을 때, 연명 조치를 바라는지 바라지 않는지
2. 자신에게 간호가 필요하게 되었을 때에 희망하는 것

3. 재산·귀중품에 관한 정보

4. 장례에 대한 희망

5. 상속에 대한 생각

6. 프로필

7. 가계도

8. 남겨진 사람에게의 메시지


어느 사람의 엔딩 노트를 들여다보니 아래와 같은 내용이 적혀 있었다.

1. 평생 가지지 않던 종교 가져보기

2. 평생 찍어보지 않은 야당 투표하기

3. 손녀들과 즐겁게 놀아주기

4. 가족들과의 마지막 여행, 가장 맛있게 먹었던 랍스터 먹어보기

5. 아내에게 사랑한다고 말하기

6. 장례식에 부의금 받지 않고 친한 지인들에게만 알리기

7. 혼자선 살아갈 수 없는 부인을 자식에게 부탁하기

8. 끝까지 의사 지시를 따르며 희망을 잃지 않지만, 암에게 졌다는 통보에도 겸허
   히 그대로 받아들이기

9. 죽음의 자리에 찾아 온 손녀들에게 고맙다고 말하기, 건강한 모습 보여주지 못
   해 미안해하기

10. 시집 안 간 딸을 자신의 부덕의 소치라고 말하기

11. 얼마 안 남은 재산 정리하고 자식들에게 양해 구하기

12. 연로한 어머니에게 먼저 가서 미안하다고 말하기

이는 유언과 달리 법적 효력을 가지는 성격의 문서는 아니며, 생존 중이나 사후에 가족의 부담을 줄이는 것을 목적으로 하고 있다. 일본에서는 서적이나 문구로서 엔딩 노트가 판매되고 있고, 또 자치단체나 NPO 등이 엔딩 노트를 무료로 배포해 엔딩 노트에 관한 강좌를 열고 있는 예도 있다고 한다.

영화를 보고 나서 열심히 사는 것도 중요하지만 죽음이 다가왔을 때 그 죽음에 대처하는 방법도 중요하다는 것을 깨달았다. 우리는 하루하루 살아가고 있지만 하루하루 죽음에 가까워지고 있다. 그렇기 때문에 죽음에 대비해 지금부터 각자의 엔딩 노트를 준비하는 게 좋을 듯하다. 죽음에 대한 준비는 나를 위한 일이기도 하지만 나를 떠나보내는, 그리고 내가 떠나고 난 뒤에 주변 사람들을 위한 일이기도 하다.

이제는 잘 사는 것(well-being)만큼이나 잘 죽는 것(well-dying)도 중요해졌다. 사람이 사람답게 사는 것을 웰빙(Well-being)이라고 하고, 사람이 사람답게 죽는 것을 웰다잉(Well-dying)이라고 한다. 그리고 사람이 사람답게 늙는 것을 웰에이징(Well-aging)이라고 한다. 사람이 아름답게 죽는다는 것은 여간 어려운 일이 아니다. 그러나 보다 어려운 것은 아름답게 늙는 것이다. 행복하게 늙어가는 것은 쉽지 않은 일이다.

미국의 사회학자 모리 슈워츠는 "살아가는 법을 배우십시오. 그러면 죽는 법을 알게 됩니다. 죽는 법을 배우십시오. 그러면 살아가는 법을 알게 됩니다. 훌륭하게 살아가기 위한 최선의 방법은 언제라도 죽을 준비를 하는 것입니다"라는 말을 남겼다. 임진왜란 때 이순신 장군이 열세에 몰린 휘하 장병에게 한 명언인 '생즉사 사즉생(生卽死 死卽生)'도 같은 뜻이 아닐까?

죽음에도 질(質)이 있다. 어떻게, 언제가 됐든 죽음이라는 숙명을 맞이할 수밖에 없는 우리들이기에 이제는 죽음을 더 이상 피하기보다는, 어떻게 만족스러운 죽음을 맞이할 것인가에 대한 준비가 필요하다. 인생은 떠나가는 뒷모습이 아름다워야 잘 살다간 사람이라 할 수 있다.

# 긍정적인 생각은
# 삶을 행복하게 한다

지금까지 70 평생을 살아오면서 수많은 친구들과 교류하였다. 나는 비교적 학생 수가 많은 학교를 다녔기 때문에 사회생활을 하면서 알게 된 사람을 빼더라도 인사 정도는 하고 지내는 친구가 약 5백 명이 넘는다.

그래서 나의 전성기에는 X-mas가 되면 연하장 겸해서 친구를 엄선해서 카드를 300장 정도 보내는데 일일이 몇 자 정도 정겨운 말을 써넣고 사인을 하려면 며칠을 고생해야 했다. 이제는 은퇴하고 나니 친구도 점점 해가 넘어 갈수록 줄어들고 나이 먹어 카드 보내는 것도 쑥스러워 이젠 이 짓도 접었다.

하지만 고희를 넘긴 이 나이에도 대학총장이나 국회의원, 법무법인고문이나 변호사, 대기업 회장 등을 하는 친구가 있어 연말이면 연하장이 온다. 그런데 희한한 것은 인쇄기술의 발달인지 카드의 문구를 본인이 직접 쓰고 서명한 것처럼 보인다. 이리 보고 저리 비추어 봐도 인쇄한 것 같지가 않다. 그래서 한번은 신년하례회 때 대학총장인 친구에게 "카드 일일이 쓰느라고 일은 언제 하느냐?"고 농담을 던지니 "너한테만 특별히 친필로 썼다"고 너스레를 떨어 웃고 넘어간 적이 있다.

수많은 내 친구들은 대부분 은퇴했으나 아직도 현역에 있는 친구는 지금 와서 돌이켜 보면 한결같이 긍정적으로 인생을 살아온 사람들이다. 내가 왜 아는 사람이 500명이나 된다고 서두에 꺼낸 것은 나의 교류 폭을 자랑하려는 것이 아니고 확률적으로 부정적인 사람보다 긍정적인 사람이 성공한 사람이 많다는 것을 말하고 자는 것이다. 긍정적인 생각을 갖는 사람은 성공을 거머쥘뿐더러 이에 따라 행복도 함께 누린다.

어찌 이뿐이랴. 고령에 대한 부정적인 생각은 노화를 촉진시킨다. 주위에 냉소적인 친구도 많이 있었다. 우리는 군사 문화를 통하여 산업화를 이루었기 때문에 주변 환경에 부정적인 반응을 보여야만 똑똑하거나 개념이 있는 지성인으로 비춰졌다. 그러나 그들은 모두 힘든 세월을 보내고 있다.

삶이 고달파질 때면 그 상황에서 벗어나지 못할 것 같다는 생각에 빠지고 만다. 그러면 그 상황을 극복하여 원하는 변화를 이끌어낼 수 있는 일을 하기가 더욱 힘들어진다. 삶을 되돌아보면 분명 좋은 시절도 있고 힘든 시절도 있다. 비록 지금이 힘들더라도 이러한 상황은 영원히 계속되지는 않을 테니 '잘될 거야!' 하며 긍정적인 생각하는 것이 필요하다.

자신보다 더 부유하고 더 건강하고 더 자식 복이 많은 주위 사람을 부러워하면 자신이 더욱 초라해진다. 세상에는 자기가 바라는 것만큼 만족한 일만 있는 것이 아니다. 일이 뜻대로 되지 않으면 주위 사람을 괴롭히는 경우기 있는데 그렇게 하면 자기 기분만 더 안 좋아진다.

불평과 푸념을 늘어놓을수록 더 위축될 뿐이고 더 빨리 늙는다. 예를 들면 "노년을 열정적으로 살아야 한다"라고 하면 "다 늙어서 열정은 무슨 열정…… 열정은 젊은이들 거야" 한다든지, "노년을 잘 보내려면 취미를 가져야 한다"라고 하면 "늙어서 무슨 취미, 그냥 이렇게 살다가 죽는 거지 뭐" 한다든지, 건강 비결에 대하여 얘기하면 "내가 살면 얼마나 더 살겠다고, 되는대로 사는 거지" 하며 김을 빼고, "인터넷을 익혀라"라고 말하면 "이 나이에 무얼, 전에는 그런 것 없이도 잘 살았어" 또는 "나야 이제 다 끝난 사람인데 무슨……" "나 같은 늙은이는 빨리 가야지"라고 하는 등 자포자기나 넋두리하는 것은 삼가야 한다. 자꾸 이런 말을 하면 듣는 사람도 멀리하게 된다.

정신이 육체를 지배한다는 이야기는 이미 의학적으로 잘 알려진 사실이다. 흔히 건강한 육체에 건강한 정신이 깃든다고 하지만, 건강한 정신이 건강한 육체를 만든다. 의학계에 의하면 부정적인 환자보다 긍정적인 환자의 회복 속도가 빠르다고 한다. 이를 플라세보 효과(Placebo Effect)라고 한다.

노년에게 무한한 영감을 준 미국의 시인 사무엘 울만은 '청춘'이란 시에서 "청춘이란 인생의 어떤 시기가 아니라 마음가짐"이라고 하지 않았는가. 그리고 "때로는 스무 살 청년보다 예순 살 노인이 더 청춘일 수 있다. 나이를 더해 가는 것만으로 사람은 늙지 않는다"라고 하였다.

흥미와 호기심을 계속 유지하는 일이 노년의 행복을 담보하는 일이고 또한 건강을 유지하면서 장수하는 첩경이다. 모쪼록 노년은 자연 현상이니까 긍정적인 마음으로 육신의 퇴화를 담담하게 받아들이고, 정신과 마음만은 열정을 잃지 말고 매일을 배우며 읽으며 움직이며 충만하게 살아야 할 것이다. 행복은 마음먹기에 달려 있다.

# 황혼이혼에
# 대하여

10여 년 전만 해도 황혼이혼은 뉴스감이었는데 이제는 이는 옆집 이야기가 되고 말았다. 이혼은 하루 333쌍, 한 시간에 14쌍이라고 한다고 한다. 통계청 발표에 의하면 지난해 이혼한 부부 11만 4000쌍 중 결혼한 지 20년 이상 된 부부의 이혼율이 26.4%로 신혼이혼율보다 높다고 한다. 참 씁쓸하지만 현실이다. 황혼이혼이라는 말이 이제 낯설지 않다.

세상은 빠르게 변하고 있다. '자식 때문에 참고 산다', '수십 년 참았는데 다 늙어서 이혼하면 뭐 하느냐'는 말은 이제 옛말이 되고 말았다. 사회 풍조가 자식이나 남들의 이목보다는 노후의 행복에 더 큰 가치를 두게 되었다.

여성들이 황혼이혼을 요구하는 이유는 다양하다. 남편의 권위적인 자세, 일방적인 대화, 퇴직으로 인한 경제적 상실, 매사에 잦은 간섭 등이다. 이제는 여권이 크게 신장되어 여성이 자아(自我)에 대한 갈망이 크다. 황혼 이혼을 하면 남자는 외로움과 고통을 느끼고 여자는 자유와 해방감을 느낀다고 한다.

황혼이혼은 옛날에도 있었다. 공자는 노후에 이혼을 당했고, 강태공은 나이 오십에 부인이 도망갔는데 강태공이 출세하자 부인이 찾아와 용서를 빌자 물을 마당에 엎지르고 다시 담으라고 하며 매정하게 뿌리쳤다. 이래서 복수불반(覆水不返)이라는 사자성어가 생겼다.

톨스토이는 부인 소피아의 잔소리를 견디다 못해 가출하여 방황하다가 시골 간이역에서 쓸쓸히 생을 마감했다. 톨스토이는 대지주였는데도 말이다. 소크라테스는 악처의 대명사인 크산티페에게 물벼락을 맞기 일쑤였고, 하이든은 악처 마리아 안나에게 시달림을 받았다.

황혼이혼이라는 말의 발원지는 일본이다. 일본어로 후가락(後家樂)이란 말이 있다. 후가(後家)란 과부 또는 미망인을 뜻하는 것으로 혼자되고 나서 갖는 인생의 즐거움을 말한다. 시시콜콜 잔소리하고, 사소한 일에도 쓸데없이 간섭하고, 귀찮게 구는 남편을 저세상으로 떠나보내고 후가(後家)가 되면 아들은 엄마 말 잘 듣는 마마보이로 키웠겠다, 이제는 경제권 등 집안의 실권을 쥐었으니 오늘은 온천, 내일은 영화관이나 박물관, 모레는 친구들과 경치 좋은 교외로 나가서 맛있는 점심 그리고 일 년에 한두 번은 해외여행을 즐긴다고 한다.

그런데 일본은 초고령사회로 남편이 좀처럼 저세상으로 떠나가지 않으니까 기운이 남아 있을 때 즐기자고 남편이 퇴직금을 받자마자 황혼이혼을 하여 위자료 받아 남은 인생을 즐긴다고 한다. 일본 여자들은 순종형으로 남편의 온갖 횡포에도 꾹 참고 결혼 생활을 하는 것으로 유명한데 이제는 남편이 퇴직하면 그동안 참고 참았던 세월을 보상받으려고 하는 것이란다.

이와 같이 일본에는 황혼이혼이 다반사가 되었는데 10여 년이 지난 우리나라도 황혼이혼이 유행의 물결을 타고 있다. 우리나라 여성분들은 워낙 유행을 잘 타서 이 물결이 잔잔한 호수의 물결처럼 서서히 밀려오는지, 아니면 바다의 파도 마냥 세차게 밀려오는지 예측할 수 없다.

　문제는 황혼이혼의 80%는 여자 쪽에서 요구한다는 점이다. 이혼을 하면 여자는 결혼 기간 중 공동의 노력으로 만들어진 재산에 대해 최대 40%~50%의 재산 분할을 받을 수 있다. 여기에 위자료까지 받는다. 이혼을 하는 경우 남자가 위자료를 받는 경우는 거의 없다고 보아야 한다. 이만큼 남자가 약자이고 피해자이다. 황혼이혼은 이제는 남의 일이 아니고 돈 가진 노인에게는 언제 닥쳐올지 모르는 시한폭탄 같은 존재이니까 조심조심 또 조심해야 한다.

　일반적으로 남자가 은퇴를 하면 가정의 주도권이 남편에게서 아내에게로 넘어간다. 이를 모르고 남편들이 계속해서 가부장적인 태도를 보이면 자연히 아내와 불화가 생기고 만다. 황혼이혼을 생각하는 이유 중 큰 하나는 평생을 남편과 아이들 뒷바라지하며 먹이고 입히고 시집 장가보내고 이제는 좀 내 인생을 찾나 했더니 퇴직으로 할 일이 없어진 남편이 집에 들어 앉아 사사건건 간섭하고 잔소리를 하기 때문이다. '시집살이'가 따로 없어 '남편살이'란 말이 생길 정도다. 이래서 '왜 주부는 은퇴가 없느냐?'고 주장하고 나오는 것이다.

　그런데 남자는 은퇴를 하면 하루 종일 '파자마맨'으로 거실에서 '거실남(居室男)'으로, 'TV맨'으로 하루 종일 TV만 보다가 세끼 밥 다 차려 달라는 '삼식(三食)'이가 되어 버리고 만다. 부인 입장에서 보면 죽을 맛이다. 어찌 이뿐이랴. 최악은 '젖은 가랑잎 남(男)'으로 마누라 옆에 찰싹 달라붙어 하루 종일 어디에 가나 강아지처럼 졸졸 따라 다니는 밸 없는 족속들이다.

남자가 '노년이 되면 필요한 다섯 가지'는 우스갯소리로 첫째 마누라, 둘째 아내, 셋째 애들 엄마, 넷째 집사람, 다섯째 와이프라고 한다. 정답은 돈, 건강, 친구, 취미 생활 그리고 화목한 가족이다. 마누라는 마지막이다.

나이가 들면 여자들은 사회활동이 활발해진다. 고교, 대학 동창은 기본이고 초등학교 동창도 찾아 나선다. 그리고 성당이나 교회 모임이 활발해진다. 여기에 백화점 문화센터나 복지관 또는 구청 등에서 주최하는 컴퓨터교실, 문학교실, 수채화나 유화그리기, 요가, 에어로빅, 댄스동아리, 노래동아리, 기타 배우기 등등 한이 없다. 아니 바쁘다. 여자는 잘 뭉친다. 이러니 남편이 거추장스럽고 얼른 폐기처분하고 싶어진다. 싫건 놀다가 집에 들어가면 밥 달라는 영감태기가 있으니 얼마나 귀찮겠는가.

"그까짓 이혼, 하자면 못 할 줄 알고?" 이런 생각은 오산이다. 노년의 이혼은 젊은 시절의 이혼과는 차원이 다르다. 나이가 들수록 사람에게는 배우자와 가족이 소중해진다. 배우자는 같이 늙어갈 유일한 동반자이기 때문이다. 젊은 시절에는 이혼을 해도 새로운 사람을 만나 새로운 배우자와 가족을 이룰 수도 있지만 황혼이혼의 경우 그런 일이 쉽지 않다. 결국 대부분 혼자 쓸쓸하게 늙어가는 비참한 결과만 초래될 뿐이다.

황혼이혼을 방지하는 가장 중요한 방법은 배우자를 진정으로 존중하고 배려하는 것이다. 삶의 소중한 동반자로 여기고 정성을 쏟아야 한다. 그렇다면 황혼이혼을 당하지 않기 위해 가장 먼저 해야 할 일은 무엇일까? 우선·은퇴 후 부부의 관계를 재정비할 필요가 있다. 이를 위해 남편들이 알아두어야 할 것이 있다. 은퇴는 남편들에게만 '제2의 인생'이 아니라, 부인들에게도 '또 다른 시작'인 것이다. 아내들은 남편이 정년을 맞으면 가사에서 어느 정도 해방되어 자유로운 시간을 가질 수 있다고 기대하는 것이 보통이다.

그런 아내들에게 은퇴 전과 같이 가족과 남편을 위해 무조건 희생하기를 바라는 것은 이기적인 생각이다. 오히려 부인이 제2의 인생을 살 수 있도록 그동안 무심했던 집안일을 도와주어야 한다. 가사 분담을 통해 간단한 음식 준비, 세탁기 사용, 집안 청소, 쇼핑 등을 남편이 스스로 하는 것은 자신에게도 좋은 일이다. 아내에 대한 의존도가 줄어들 뿐만 아니라 자기 자신의 생활력에도 자신감이 생기기 때문이다.

방법은 간단하다. 부인이 하는 집안 살림을 도와주면 된다. 살림 보조가 되란 얘기다. 우선 제일 쉬운 것은 세탁인데, 세제를 적당히 넣고 세탁기를 돌리는 법을 배우면 된다. 다음은 청소인데, 이것도 배우고 말 것도 없다. 다만 노동을 귀찮게 생각하지 않는 마인드 컨트롤만 하면 된다. 늙으면 등산, 산책, 헬스, 골프 등 운동을 열심히 하는데 집안일을 운동이라고 생각하면 된다. 운동과 노동의 차이점은 종이 한 장 차이로 '즐긴다'에 있다. 노동도 즐거운 마음으로 하면 운동이 된다.

밥은 전기밥통이 알아서 해 준다. 문제는 반찬 만들기인데 이것은 식당 보조로 취직했다 하는 낮은 자세로 부인에게 하나씩 배우면 된다.

부인이 외출하면 인터넷을 보고 순서대로 따라하면 된다. 아주 쉽다. 아마 마누라가 해준 반찬보다 더 맛있을 수도 있다. 이렇게 준비해서 귀가한 마누라에게 저녁 밥상을 차려주면 감격해서 눈물을 흘리는지도 모른다. 이렇게 하면 황혼이혼을 당할 염려가 없을 것이다.

그리고 서로의 자유 시간을 존중하되 함께하는 시간도 되도록 많이 가져야 한다. 함께할 수 있는 취미를 많이 찾는 것이 가장 좋은 방법이다. 등산, 산책, 탁구 같은 운동을 함께 즐기거나 헬스클럽을 함께 다니며 건강관리를 하면, 취미 생활도 같이 하고 건강도 지키게 되니 일석이조의 효과가 있다. 이외에도 재미있는 영화를 함께 보거나 부부가 함께 여행을 하는 것도 좋다. 맛있는 식당을 함께 찾아다니며 식도락을 즐기는 것도 노년에 부부가 함께할 수 있는 좋은 취미 활동이 될 것이다.

부부는 경쟁자가 아니다. 누가 누구 위에 존재하는 상하관계가 아니다. 평등한 위치에서 서로가 서로에게 단점을 보완해주는 동지적 관계이다. 그 누구도 대신할 수 없는 가장 친한 친구이자, 연인이며, 동료이다. 이러한 사실을 명심하고 자신뿐만 아니라 상대의 노후도 행복하게 해주기 위해 노력해야 한다. 배우자의 행복은 곧 나의 행복인 것이다.

# 느림의 섬,
# 청산도를 찾아

지난 봄 완도군 청산도에 다녀왔다. 청산도는 인구 3천 명에 해안선 길이가 42km로 완도에서 뱃길로 30분을 더 가야 하는 조그만 섬으로, 2007년 12월 1일에 아시아 최초로 슬로우 시티(slow city)로 지정된 조용한 섬이다. 이때 신안군 증도, 담양군 삼지대 마을, 장흥군 반월마을 등 네 곳이 슬로우 시티로 지정되었고 그 후 하동 평사리, 충남 예산군이 추가 지정되었다.

슬로우 시티는 맥도날드와 같은 fast food가 자신들의 도시에 들어오는 것을 막고 삶의 방식을 모두 '느리게'로 바꾸어 지역의 전통적이고 다양한 식생활 문화인 slow food를 지키려는 운동에서 시작했다.

처음 슬로우 시티가 생긴 것은 1999년에 이탈리아 한 작은 도시 Greve in Chiantti 시장인 Paolo Saturmini가 자기 지역이 큰 도시와 거대자본에 예속되는 것을 막고 지역의 전통적 가치를 지키면서 명소가 된 것에서 비롯됐다고 한다. 이 도시에는 백화점, 대형할인점, 자동차가 없다. 그 대신 평화와 고요 그리고 진정한 휴식이 찾아오기 시작했다.

그리하여 자연이 가진 찬란함은 더욱 빛을 발하기 시작했고, 사람들의 얼굴에는 미소가 피어오르기 시작했다. 느리게 먹고 느리게 살기 운동으로 시작된 슬로우 시티는 지역사회의 공동체정신을 이어가는 느림의 철학인 것이다.

최근 의학보고서에 의하면 천천히 음식을 꼭꼭 싶어 먹으면 체중 증가를 막을 수 있고, 음식에서 얻는 에너지를 완전히 흡수할 수 있다고 한다. 그동안 '느림'은 악덕으로 치부되어 왔다. 슬로우 시티는 공해 없는 자연 속에서 그 지역에서 나는 음식을 먹고 그 지역의 문화를 공유하며 자유로운 옛날의 농경시대로 돌아가는 느림의 삶을 추구하는 국제운동으로 전 세계 17여 개국에 120여 개 도시가 가입되어 있다.

청산도는 '느림의 미학'을 보여 주는 곳으로 유명하며 매우 시골스런 풍광에 깨끗한 공기와 한적한 분위기가 그 옛날의 향수를 불러 일으켜 준다.

이 섬에는 우리나라 영화 사상 불후의 명작인 임권택 감독의 〈서편제〉에서 유봉일이 의붓딸 송화(오정해 분)와 춤을 추면서 판소리를 5분 20초에 걸쳐 부르는 장면을 찍은 황톳길이 있다.

노아란 유채꽃 물결 사이로 이어지는 누런 황톳길, 아스라이 들려오는 흥겨운 노랫가락……

이곳은 다른 시골에서는 이미 사라진 지게 지고 가는 농부, 초가삼간 오막살이, 초분, 식량증산을 위해 만든 구들장 논, 다랭이 논 등 향토색 짙은 정취가 그대로 남아 있다. 구들장 논은 구들을 깔듯 논바닥에 돌을 깔고 그 위에 흙을 쌓아 만든 논으로 해산물은 풍부했으나 논이 없어 쌀이 귀했던 시절에 흙이 부족한 섬마을 사람들이 한 줌의 흙마저 아껴 농사를 짓기 위한 수단이었다. 그들에게는 가난과 배고픔을 이기려는 삶의 지혜였지만 이제는 스쳐가는 여행객에게는 그저 아름답고 전설 어린 풍경이 되었다.

청산도에는 해수욕장이 많다. 일몰이 아름다운 지리해수욕장, 소나무 숲과 갯돌이 어울린 진산해수욕장, 깨끗하고 부드러운 모래사장과 쪽빛 바다가 2km에 걸쳐 펼쳐져 있는 신흥해수욕장 등이 있는데, 그중 진산해수욕장은 해 뜨는 마을로서 부산 태종대처럼 모래 없이 공룡 알 같은 갯돌만으로 이루어진 천혜의 해변으로 발바닥에 닿는 둥글둥글한 갯돌의 느낌이 모래사장과는 다른 묘한 전율을 느낄 수 있고, 이 돌들이 파도에 쏠릴 때의 움직이는 소리는 잔잔하면서도 깊은 울림을 전해 준다.

이제 인생의 후반기를 보내고 있는 우리는 석양을 보며 지나온 인생을 되돌아보고, 서서히 그리고 찬란히 사라져 가는 석양의 의미를 음미해 보아야 할 것이다. 행복하고 평화롭고 느긋하게 한 발 뒤로 물러서서 자연스럽게 인생이 흘러가는 것을 음미해 보는 것이 바람직하다. 한 번쯤은 짬을 내서 고요한 곳에 홀로 머물면서 적게 먹고 몸과 말과 뜻을 억제하며 진정 가치 있는 인생과 진리에 대하여 명상에 잠겨 보면 어떨까.

정신없이 달려가지 말고 잠시 멈추어 우리가 인생에서 원하는 일을 할 수 있는 시간이 얼마나 남았는지 생각해 보면 어떨까. 등산을 가거나 마음의 여유를 가지고 천천히 자연의 풍경을 즐기고, 울창한 숲 속의 새 소리와 개울가에 졸졸 흐르는 물소리를 들으며, 얼굴에 와 닿는 바람과 촉촉하게 이슬 머금은 흙냄새도 맡으며 뭉게구름이 만들어 내는 환상적인 그림을 즐겨 보면 어떨까.

많은 사람들이 살아가는 방식이 꼭 좋은 것은 아니다. 이제 우리는 다른 사람들이 살아가면서 무엇을 하고 있는지 신경을 쓰지 않아도 되는 나이가 되었다. 논어에서 공자가 말한 종심소욕 불유구(從心所慾 不踰矩)의 언덕을 넘어 가고 있는 것이다. 속도를 늦추어 살아가며 자신을 더 알아가고 진정한 삶을 위해 무엇을 해야 하나 생각해 보아야 한다.

책은 이제 속독할 필요가 없다. 한 권의 책을 읽더라도 천천히 작가가 말하고자 하는 메시지를 음미하면서 정독을 해야 한다. 우리가 제일 관심이 많은 돈과 건강에 대하여 성찰해 보면 한마디로 돈과 건강은 같은 것이다. 돈이 있어야 건강을 유지할 수 있고 건강하다면 돈을 벌 수 있다. 돈은 살아가는 데 없어서는 안 되는 것이지만 돈이 우리가 살아가는 목적은 아니다. 엄청난 돈을 가지고 있다 해도 이런저런 일들을 할 수 있는 것은 아니다. 돈이 사람을 행복하게 해줄 수 있다면 영국 왕실이 왜 그렇게 많은 문제에 시달릴까?

더 많은 돈을 버는 것보다 제한된 수입 안에서 현명하게 지출하고 아끼며 쓰는 것이 더 좋다. 자식에게 물려줄 재산에 대하여 고민하고 갈등을 느끼는 사람이 많을 것이다. 가장 이상적인 것은 죽기 전에 장례 비용만 남겨 놓고, 가지고 있는 돈을 모두 쓰도록 하는 것이다. 나름대로의 처지에 맞게 인생을 즐기라는 뜻이다.

우리가 세상을 떠난 후에 자녀들에게 남겨 줄 유산을 위해 허리띠를 졸라 맬 필요는 없다. 자녀들은 자신들이 원하는 만큼의 교육을 시켜 주었으면 자신이 알아서 생활을 꾸려 나가야 한다. 마치 예금주처럼 필요할 때 우리를 찾아와 경제적 지원을 요구해서는 안 된다. 『다 쓰고 죽어라』의 저자 스테판 폴란은 "나는 온전한 정신으로 살아 있는 동안 내가 가지고 있는 돈을 모두 썼다"라고 유언장에 남겼다고 한다.

주위 사람보다 돈을 많이 가지고 있지 않다고 불평하지 말라. 시기와 질투는 우리를 분노하게 만들고 수명도 단축시킨다. 불평하는 대신 가지고 있는 얼마간의 돈이라도 즐길 준비를 하라. 약간의 돈으로도 즐길 수 있는 길은 얼마든지 있다. 친구들과 등산을 간다든지 공짜 지하철을 타고 춘천 닭갈비에 막걸리 한잔을 하거나 온양온천에 가서 대중탕에서 온천욕을 하고 그곳의 맛집인 도가니탕을 즐기든지 병천에 내려 순댓국을 먹으면 지루하지 않은 하루가 간다.

삶이 가르쳐 주는 바를 깨닫고 마침내 죽음을 앞에 두고 내가 헛된 삶은 살지 않았구나, 돌이켜 보며 미소 띤 얼굴로 갈 수 있다면 그것이 성공이 아닐까?

이제는 느리게 살아야 한다. 사회 전체뿐만 아니라 세대 전체가 '빨리 빨리'의 속도전 개념을 버리고 느리게 사는 지혜를 터득하여 내적 충실과 질의 향상을 덕목으로 해야 할 때가 온 것이다. 우리야 이제 사회의 주역에서 한 발짝 뒤로 물러서 있으니 서둘 일도 없지만 옛 어른들의 지혜를 젊은 사람에게 전수해야 할 의무가 있는 것이다. 하지만 우리는 인생에서 원하는 일을 할 수 있는 시간이 얼마나 남아 있는지 한 번쯤은 생각해봐야 하지 않을까?

나도 나이가 들어서인지 매사에 대응하는 것이 느려지고 있다는 느낌이 든다. 강원도 동강이나 하회마을을 끼고 도는 낙동강처럼, 굽이 굽이 돌아가며 천천히 흐르는 강의 한가로움에 말할 수 없는 애정을 느낀다.

수백 년이 넘는 아름드리나무들, 그들은 수세기를 이어 내려오면서 천천히 자신들의 운명을 완성해 간다. 그것은 영원에 가까운 느림이다. 느림은 개인의 성격 문제가 아니고 삶의 선택에 관한 문제이다. 즉 어느 한 기간을 정해 놓고서 그 안에 모든 것을 처리하려고 서두르지 않아도 되고 시간에 쫓기지 않아도 되는 그런 삶을 선택할 수 있다는 말이다.

일출은 용솟음치며 순식간에 중천에 떠오른다. 그러나 석양은 잔잔히 흐르는 파도에 황금빛 물결을 안겨주며 아주 천천히 사라져 간다. 스러져 가되 뒷모습이 아름다우며 쥘듯 말듯 여운을 남기며 어둠은 서서히 드리운다.

# 올레길을 걸으며
# 산티아고 순례길을 꿈꾼다

　제주에 올레길이 생겼다는 소식을 듣고 서귀포를 찾은 것이 5년 전의 일이었다. 사단법인 제주올레 이사장 서명숙 씨가 2006년에 스페인 산티아고 순례길을 걷다가 영국 여기자와 동행하게 되었는데 그 기자와 본국에 돌아가면 산티아고 길 같은 것을 만들자고 약속했는데 그 기자가 먼저 이를 만들었다는 편지를 받고, 2007년 9월에 시흥에서 광치기 해변으로 이어지는 15.6km의 올레 1코스를 개장했다고 한다. 이 올레길이 첫 삽을 뜬 지 6년 만인 지난 2012년 11월에 제주도를 일주하는 21코스까지 개통되었다.

　제주 올레길은 아름답기 그지없다. 계절 따라 느낌이 달라 긴 연작시처럼 서사적이면서 서정적인 길이다. 봄이 채 오기도 전에 노란 유채꽃이 성산 일출봉 일대를 뒤덮고 동백과 벚꽃이 순차적으로 만발하여 코스마다 다양한 맛을 내뿜고 있다.

　1코스는 아담하고 예쁜 시흥초등학교에서 출발하여 사시사철 푸른 들을 지나 말미 오름과 알오름에 오르면 성산 일출봉과 우도가 조각보를 펼쳐 놓은 듯 들판과 바다가 한눈에 들어온다. 올레길은 코스마다 특징이 있어서 쪽빛 바다를 끼고 도는 길, 호젓한 숲길, 오래된 돌담길,

울창한 수목 사이를 지나는 길, 해녀들의 삶을 볼 수 있는 길, 민물과 바닷물이 만나는 쇠소깍 길, 키가 전봇대보다 더 큰 동백나무로 울타리를 두른 마을길이 있고 이중섭미술관을 지나면 올레길 중에서 제일 아름답다는 7코스에 도착한다.

7코스는 외돌개를 출발하여 법환포구를 지나 월평포구까지 이어지는데, 이 코스는 어느 올레지기가 염소가 다니던 길을 삽과 곡괭이만으로 사람이 다닐 수 있도록 계단과 길을 만들었다고 한다. 이어서 기암절벽과 천연 난대림의 비경 그리고 바다에 밀려 내려온 용암이 굳은 해안 길을 따라 억새가 흐드러지게 펼쳐진다. 한 코스의 길이는 대개 20km 이내로 천천히 걸어도 6~8시간이면 충분하다.

숙박료는 게스트하우스가 있어 2만 원 정도이며 코스 중간마다 식당도 많다. 짐도 만 원만 주면 숙소에서 숙소로 배달해 주기 때문에 음료수와 간단한 간식거리만 가지고 홀가분하게 걸을 수 있다. 가다가 힘들면 코스에서 벗어나 내륙 쪽으로 10~20분만 들어가면 제주 일주순환버스를 탈 수 있다.

올레길을 한 번에 완주하려면 내 실력으로는 힘이 든다. 그래서 계절이 바뀔 때마다 몇 코스씩 나누어 도전했다. 그러던 중 TV 다큐멘터리 프로에서 '산티아고 가는 길'이라는 연작을 보게 되었다. 나는 제주 올레길 완주를 목표로 열심히 도전하는 중이었고, 가톨릭 신자이기 때문에 이 프로에 큰 관심을 가지게 되었다.

인생이 지루해지고 무언가 도전해 보고 싶은 때가 있다. 다 버리고 새로운 인생을 시작하기에는 이미 늦었고 가던 길을 그냥 가기에는 왠지 지루한 순간 짧지만 짜릿한 도전을 꿈꿀 때가 있다. 인간은 누구나 꿈을 꾸면서 인생이라는 먼 길을 간다. 밤에는 꿈을 꾸며 떠다니고 낮에는 꿈을 품고 살아간다. 밤에 꾸는 꿈엔 우리가 보낸 날들에 대한 즐겁고 슬펐던 일이 명멸한다. 그러나 낮에 꾸는 꿈엔 앞으로 각자의 삶에서 이루고 싶은 미래에 대한 희망과 기대와 목표들이다. 꿈이 없는 인간은 스스로의 가치 실현과 자기 발전을 포기한 것이나 다름이 없다. 그러나 나이가 들면서 꿈은 점점 사라진다. 괴테는 "노년이 되어도 꿈을 잃지 말라"고 하였다. 인간은 결코 꿈꾸기를 멈출 수 없다. 육체가 음식을 먹어야 사는 것처럼 영혼은 꿈을 먹어야 살 수 있기 때문이다. 꿈을 가지는 것은 젊게 사는 특효약이다.

산티아고 순례길은 예수의 열두 제자 중 하나였던 야고보(스페인식 이름은 산티아고)의 무덤이 있는 스페인 북서쪽의 도시 산티아고 데콤포스텔라로 가는 길이다. 중세부터 내려온 길로 다양한 경로가 있으나 가장 인기가 있는 길은 카미노데프란세스이다. 프랑스 남부의 생장피드포르에서 시작해 피레네 산맥을 넘어 산티아고 데콤포스텔라까지 이어지는 800km의 길이다. 완주하는 데 40~50일이 걸린다.

카미노 데 산티아고(Camino de Cantiago, 산티아고 가는 길)는 걷기를 즐기는 사람들에게는 '꿈의 걷는 길'이라고 한다. 하루 평균 25km를 쉬지 않고 걸어야 한다. 이 길을 걷는 사람들의 특징은 스스로를 돌아보려는 것이다. 그래서 혼자서 혹은 일행끼리 걷는 것 같고, 길에서 혹은 숙소에서 만나서 반가운 인사를 나누기는 하지만 계속 같은 길을 따라서 동행하는 경우는 거의 없다. 사람마다 걷는 능력도 다를 것이고 일정도 달라서 만났다 헤어졌다 하면서 산티아고 대성당이라는 최종 목적지까지 같은 길을 따라 걷는 것이다.

다큐멘터리를 보면 며칠씩 계속된 비와 눈보라, 심지어 우박과 세찬 바람에 이르기까지, 거기에 작열하는 스페인의 태양마저 겹쳐지며 죽을 고생을 하며 길을 걷는다. 발엔 물집이 잡혀 터지고 웅어리져 만신창이가 되고 머리까지 올라오는 무거운 배낭을 지고 다녀야 하는 그야말로 고난을 자초하는 길이다.

하지만 이 길은 걷는 사람에게 그 고통 이상의 것을 선물해 준다고 한다. 40일 넘게 고독 속에 홀로 걸은 산티아고 가는 길은 사람을 숙성시킨다. 그 안으로 들어가면 보이지 않던 것이 보이기 시작하고 들리지 않던 것들이 들리기 시작한다고 한다. 그리고 자기 마음의 가장 밑바닥이 드러나고 그 밑바닥에 진짜 소중한 것이 있음을 발견하게 된다고 한다.

너무나 매력적이었다. 그때부터 40L짜리 배낭을 사서 필요도 없는 짐을 잔뜩 넣고 제주 올레길을 비롯하여 북한산 둘레길, 불암산 둘레길, 지리산 둘레길을 다니며 훈련을 하였다. 그러나 막상 산티아고 길을 가려니까 겁이 났다.

우선 매일 25km씩 걸어야 하는데 혹시 중간에서 발병이 나면 어쩌나 하는 것과 하루 코스의 목적지까지 가지 못하면 노숙을 해야 하는데 이러려면 침낭 등 짐이 많아지고 어떤 숙소에서는 식사를 제공하지 않아 취사도구까지 준비해야 한다는 것이었다. 차일피일 미루다 보니까 해는 넘어가고 체력은 점점 떨어져서 과연 내가 꿈에 그리는 산티아고 길을 갈 수 있을지 회의가 들기 시작했다.

그러나 나이 80에 8박 9일의 카트만두 트레킹을 한 사람도 있고, 78세에 킬리만자로를 등산한 노익장도 있다. 꿈은 간절히 소망하면 이루어진다고 한다. 한편 오르지 못할 나무는 쳐다보지도 말라는 속담도 있다. 이제 나에게는 산티아고 길을 가느냐 마느냐가 중요하지는 않다. 단, 가기 위해 열정을 가지고 노력하는 과정이 중요하고 마음속에 도전하려고 꿈을 꾸고 있는 것이 중요하다고 생각한다.

# 노후를
# 어디서 어떻게 보낼 것인가

　나는 요즈음 아내와 함께 영화를 자주 본다. 한 달에 한두 번 정도
는 본다. 이유는 간단하다. 우선 평생의 동반자와 함께 노년의 생활을
즐기는 데는, 영화만큼 비용이 적게 들고 재미있고 손쉬우며 공감대를
가질 수 있는 것이 없기 때문이다. 물론 산책도 비용이 전혀 들지 않고
운동도 되는 등 좋은 점이 많지만 영화는 경로 우대를 해 주기 때문에
4천 원 정도면 관람이 가능하고 종로실버극장이나 을지로3가 명보극장
에 가면 2천 원으로 흘러간 영화에 흠뻑 빠질 수 있다. 부부가 함께 바
둑을 둘 수 있다면 이도 심심파적으로 더할 나위 없을 것이다.

　얼마 전에 더스틴 호프먼이 감독한 〈콰르텟〉이란 영화를 보았다. 콰
르텟(Quartet)이란 사중창이나 사중주로 네 명이 함께 부르는 노래나
네 사람으로 편성된 연주를 말한다. 이 영화는 전설적인 왕년의 내로
라하던 늙은 음악가들이 그들만을 위한 요양원에 모여 살면서 일어난
일들을 그린 영화다. 등장인물들이 모두 80대 이상이다. 영화 콰르텟
(Quartet)은 요 근래 본 영화 중 가장 좋았던 영화였고, 나도 곧 그들과
같은 연배가 되겠기에 오랫동안 뇌리에 남았다.

　우선 나이가 들면 실버하우스 또는 시니어타운에 들어가는 것이 좋

을까 하는 문제와 같은 직업에 종사하던 사람들이나 취미가 같은 사람들과 한 시니어하우스에 모여 살면 어떨까 하는 문제를 생각해 보았다. 아직 정답은 찾지 못하고 있다. 영화 속의 음악가들은 마음이 맞는 친구들과 함께 매일 음악 연습을 하며 행복한 나날을 살아간다. 하지만 건강이 악화되어 되어 119에 실려 병원으로 가는 동료를 보고 백발이 성성한 이들도 언젠가 닥쳐올 일을 생각하며 그때마다 우울함에 빠지거나 심란해 한다.

우리나라도 근래 실버하우스나 시니어타운이 많이 생기고 있다. 내 주변에도 마누라가 밥하기 싫다는 이유로 시니어타운에 들어가는 친구가 간혹 있는데 이는 상당한 경제력이 있어야 가능하다. 그리고 70대 초반은 거기에서는 영계로 공동체 생활을 하기에는 연령대가 맞지 않아 내 친구들의 경우 1~2년 만에 나오곤 한다.

경제력이 뒷받침해 주지 못하면 복지시설을 이용할 수도 있는데 우리나라의 노인복지생활시설은 2000년 247개에서 2013년 현재 4,462개로 급증했다. 나이가 들면 큰 병이 없어도 점점 거동이 어려워지는데, 과거와 달리 자식들의 수발을 기대할 수 없는 시대가 왔으므로 요양시설이 유용한 대안이 된다. 비용은 시설에 따라 다르지만 6인실 기준으로 월 50만~80만 원, 2인실 기준은 월 110만~180만 원이 소요된다고 한다.

행복한 노후생활을 보내려면 HELP가 있어야 한다고 한다. 즉, Human, Energy, Leisure, Property가 있어야 한다는 것이다. 지금까지 알고 있는 행복한 노후조건인 돈, 건강, 취미, 친구가 똑같은 얘긴데 이를 영어 단어로 압축하여 만든 말이다.

첫째는 사람(Human)이다. 100세 시대를 맞이하여 긴 노후를 함께 할 동반자인 배우자나 가족과의 관계가 원만해야 하고 여유 시간을 같이 보내며 흉금을 터놓을 수 있는 친구가 한두 명은 있어야 한다.

둘째는 건강(Energy)이다. 건강을 잃으면 모든 것을 잃는다. 곧 100세 장수시대가 온다고 하지만 건강 수명이 중요한 것이지 건강한 삶이 아니면 100세가 축복이 아니라 저주이다. 거동도 못 하며 산다든지 치매라든지, 극단적으로 말해서 뇌사 상태라면 수명이 무슨 의미가 있겠는가.

셋째는 취미(Leisure)다. 아침에 눈을 뜨고 할 일이 없으면 황폐하기 짝이 없는 삶이다. 옷도 갈아입지 않은 '파자마맨'으로, 하루 종일 거실에 뭉치고 있는 '거실남(居室男)'으로 TV만 보는 'TV맨'으로 하루를 보낸다면 이런 삶이 무슨 의미가 있겠는가.

취미는 젊어서부터 몸에 익혀야 좋다. 산업화시대의 주역이었던 60~80대는 경제 발전기에 너무 바빠서 취미 활동을 할 여유가 없었다. 이제 은퇴하여 시간이 넘쳐흐르지만 막상 취미 활동을 하자니 모든 게 생소하다. 하지만 서툴러도 서예, 그림, 악기, 글쓰기, 컴퓨터, 원예 등 자기에게 맞는 취미를 개발해야 한다. 그래야 노년에 생기가 난다.

넷째는 자산(Property)이 뒷받침되어야 한다. 돈이 있다고 행복이 보장되는 것은 아니지만 노후는 돈이 신분이다. 늙어서 돈이 없으면 초라하기 짝이 없다. 『욕망이란 이름의 전차』라는 유명한 연극 희곡을 쓴 테네시 윌리엄스는 "돈 없이 젊은 시절은 보낼 수 있지만 돈 없이 노후를 보낼 수는 없다"고 하였다.

돈이 없으면 건강도 유지할 수 없다. 그러나 돈을 가치 있게 써야 한다. 친구들에게 가끔 밥도 사고 손자 용돈도 표 나게 주어야 한다. 그리고 취미 생활, 여행 등 자신을 위하여 써야 한다.

지는 꽃도 얼마든지 아름다울 수 있다. 노년이라고 기가 죽어서는 안 된다. 웅크려서도 안 되고 움츠려서도 안 된다. 축 처져서 물러앉는 것은 너무나 무력한 행동이다. 가슴을 펴고 당당해야 한다.

# 대한민국의
# 3대 구라

구라(口羅)의 사전적 의미는 거짓말을 속되게 이르는 말로 일본에서 건너온 말이란 설도 있는데, 여하튼 한자 그대로 말을 비단같이 매끄럽게 하여 상대방을 현혹시킨다는 뜻이다.

'대한민국 3대 구라'라고 명명해야 올바른 표현이지만 구라 자체가 좀 허황된 것이기 때문에, 구라세계에서는 맛깔스럽게 '조선의 3대 구라'라고 통용된다. 조선의 3대 구라는 무협계에 소림파와 무당파가 있듯이 구비문학(口碑文學)파 또는 일명 〈라지오파〉와 〈교육방송파〉가 있는데 구비문학파 3대 거두는 백기완, 황석영, 방배추(본명 방동규)이고 교육방송파 3대 거두는 이어령, 유홍준, 도올 김용옥이다.

우선 '라지오(구비문학파)구라'의 3대 조건을 열거하면 첫째, 뭣 좀 안다며 입술을 나불거린다고 라지오가 되는 것은 아니다. 콘텐츠가 꽉 찬 방송처럼 일단은 남다른 인생이 있어야 한다.(라지오가 라디오를 잘못 쓰신 것인지, 일부러 그리 쓰신 것인지 알 수 없네요.)

인생이란 무엇인가? 첫째, 백기완, 황석영, 방배추 등 3대 구라의 인생 정도는 되어야 한다. 둘째, 지성이다. 뭘 알아야 한다. 셋째, 남다른 경륜이 있어야 한다. 근사한 구라는 감동과 울림이 있어야 한다.

구비문학이란 문학의 한 장르로, 말로 된 문학을 말하며 글로 된 기록문학과 구별되는데 70년대 군사정권의 통제와 억압이 횡횡하던 때 피맛골 '열차집'이나 '청일집' 등 막걸리 집에 앉아서 이야기하던 때의 입담들이었다. 이 중에서 백, 황, 방이 단연 뛰어났는데, 백기완은 대륙구라, 황석영은 육담구라, 방배추는 인생파구라라고 한마디로 특징지었다. 특히 황석영의 육담구라는 일품이라고 정평 나있다.

백기완은 1933년생으로 평생을 민주화와 통일운동에 헌신한 재야운동가이며 현재 통일문제연구소장이다. 1992년 대통령선거에 후보(1987년은 중도 사퇴)로 출마하기도 한 그의 학력은 초등학교 5학년 중퇴이나 독학으로 공부하여 박학다식하다. 하루에 영어 단어 100개를 외웠고, 책 읽으며 길가다가 전봇대에 부딪치기 일쑤였고 영수학원에서 영어강사도 하였다.

황석영은 너무나 잘 알려져 있기에 긴 설명 필요 없으나 한마디 한다면 그는 몇 해 전 MB따라 중앙아시아에 가더니 이에 대해 좌파의 비난이 쏟아지자 또 좌회전하여 작년 부산 영도 희망버스에 가담한 것은 그가 날라리가 아닌가 하는 실망감을 가지게 한다.

방배추는 본명이 방동규로 체형이 배추 같다 하여 방배추라는 별명을 얻었다. 나이 70에 미스터코리아대회에 나가 입상하기도 한 그는 백기완의 절친한 친구로 백이 대통령 출마 시 경호대장을 지내기도 하였다. 팔뚝이 보통 사람의 세 배는 되고 '시라소니 이후 최고의 주먹'이라 불렸다. 그는 1935년생으로 홍익대 법학과를 중퇴했으며 백기완, 함석헌, 계훈제 등과 교유하면서 교양을 쌓았다. 한때 경복궁관람안내 지도위원도 했으며, 독일파견광부, 파리유랑생활, 중동건설공사근무, 고급양

장점 '살롱 드방' 운영, 철원의 '노르메기 밭' 10만 평 농장 개간 공동체생활 등 소위 그의 말대로 '살인 빼고는 안 해본 일이 없고 남극 빼고는 안 가본 곳이 없다'는 파란만장의 인생을 살았다. 이만큼 그의 인생 역정이 넘쳐흐르기 때문에 천하의 황석영도 노가리를 까다가 방배추가 들어오면 슬그머니 라디오를 껐다고 한다. 이는 유홍준이 '무릎팍도사'에 출연하여 한 말이다. 그리고 최근 조선일보에 그가 아직도 건재함을 알리는 기사가 난 바 있다.

다음 교육방송 3대 구라인데 이는 방배추가 붙여준 이름이다. 어느 날 대폿집에서 한량들이 쓰잘 데 없는 이야기를 하고 있었는데 누가 이어령, 유홍준, 도올이도 구라 대열에 끼워주어 '조선구라계'를 무협계와 마찬가지로 '6대 문파'로 해야 한다고 하자, 마침 이때 방배추가 쓱 들어오더니 "갸들은 교육방송이야"라고 일축해 버렸다 한다. '국민교양용 구라'라는 것이다.

여하튼 이때 거론된 교육방송 3대 구라는 문학평론가 이어령, 미술사학자 유홍준, 동양철학자 도올 김용옥이다.

이어령은 1934년생으로 긴 설명이 필요 없다. 우상화된 기성문단에 대한 과감한 도전을 선언한 평론 〈우상의 파괴〉는 그를 일약 스타로 만들었으며 『흙 속에서 저 바람 속에』는 대학생의 필독서가 되었다. 일종의 천재로 88올림픽의 개막식 무대감독으로 그의 비범함을 확인시켜 주기도 하였다.

유홍준은 1949년생으로 1973년 5월에 우리나라 인문서 최초의 밀리언셀러 『나의 문화유산답사기』의 출간으로 혜성같이 미술사학계에 나타났으며 이 책의 출간으로 전국 각지에 문화유산답사 열풍이 일어나기 시작해서 이 열기는 요원의 불길처럼 번져나가고 있다. 그는 문화재청장임에도 거침없는 입담으로 언론의 수많은 구설수에 오르기도 했다. "우리나라는 전 국토가 박물관이다"라는 명언으로 전국적인 답사신드롬을 불러 일으켰는데, 요즈음은 어디에서 배웠는지 다음과 같은 말에 심취되어 있다. 인생도처 유상수(人生到處 有上手)! 삶의 도처에서 숨은 고수들을 만나게 되고 그들에게서 새로운 깨달음을 얻는다는 뜻으로 세상 곳곳에 존재하는 이름 없는 고수들에 대한 경이로움을 표현한 말이다. 그도 이제 나이가 먹으니 철이 좀 드나 보다.

마지막으로 도올 김용옥인데, 그는 1948년생으로 본업이 동양철학자이면서 종횡무진 다채로운 영역을 넘나들고 있다. 가장 이채로운 것은 영화와 연극의 시나리오를 쓴 극작가로, 임권택 감독의 〈장군의 아들〉, 〈취화선〉의 대본을 썼다. 〈취화선〉은 2002년 칸영화제 감독상을 받았는데 그가 자막을 직접 영역했다. 원광한의대를 졸업한 후 '도올한의원'을 개원하여 많은 난치병 환자를 치료하였다. 그런데 요즘은 자중(自重)하고 있는지 언론의 뒤안길로 사라진 것 같다.

첨언(添言)하면, 만약 『문주반생기(文酒半生記)』를 쓴 무애 양주동 교수나 『명정사십년(酩酊四十年)』을 쓴 수주 변영로 교수가 생존해 계시다면 교육방송구라 셋 중 둘은 자리를 양보해야 할 것이다.

# 행복에
# 이르는 비결

　나는 요즘 행복에 대하여 탐구와 사색을 많이 한다. 행복에 이르는 비결, 성공하면 행복할 수 있는지, 돈과 행복은 비례하는지, 인생의 궁극적 목표는 무엇인지 등에 관해서다. 그래서 행복에 관한 책도 한 보따리 사서 정독하였다. 하버드대 최고 인기 강좌 1위를 10년간 놓치지 않았다는 행복학 강좌의 권위자 숀 아처의 『행복의 특권』을 비롯하여 버트랜드 러셀의 『행복의 정복』, 하임 샤피라의 『행복이란 무엇인가』, 조지 베일런트의 『행복의 조건』 등이다. 신문에 게재되는 행복에 관한 칼럼도 열심히 스크랩하고 있다.

　성공의 정의는 쉽다. 목적한 바를 이루면 성공이다. 그런데 행복의 정의는 무척 어렵다. 행복이란 만족과 즐거움을 느끼는 상태인데 이것은 사람마다 주관적이고 추상적이기 때문에 척도가 없다. 행복=기쁨도 아니고 돈=행복도 아니다. 기쁨은 시간이 흐르면 사라진다. 맛있는 식사를 하거나 게임에서 이기면 일시적으로 행복하나 오래가지는 않는다. 돈과 행복은 비례 관계가 있지만 1인당 국민소득이 8천 불을 넘어가면 만족도와 수입은 관계가 없다는 연구 결과가 있다.

　초·중학교 시절 1인당 국민소득 100불도 안 되던 최빈국 국가에서 자란 70·80세대들에게 장래 희망이 무엇이냐고 물으면 한결같이 대통령이 되겠다든지 국회의원이나 장군 등이 되겠다고 대답했다. 그 당시는 행복이 무엇인지도 몰랐고 인생에 있어서 행복의 중요성에 대한 개념이 아예 없었다. 그러나 반세기가 지나 1인당 국민소득이 2만 불을 돌파한 지금 초·중교 학생에게 장래 희망을 물어 보면 대통령이나 국회의원이 되겠다고 대답하는 학생은 아무도 없다. 그들은 야구선수, 아이돌 가수, 탤런트가 되기를 꿈꾸고 있다.

인생의 목표가 성공에서 행복으로 바뀐 것이다. 돈을 버는 것도 행복에 이르는 수단을 위한 것이고 건강도 행복한 삶의 질을 위해서이다. 일찍이 플라톤은 "인생의 궁극적 목표는 행복이다"라고 설파하였다. 그 옛날에 말이다. 그러나 아직도 우리 사회는 위아래를 가리지 못하는 졸부들이 많다. 서구사회에서는 젊어서 열심히 일하는 이유는 은퇴해서 여유로운 삶을 즐기기 위해서라고 한다.

사람은 살아가면서 문득 이런 질문 한 가지를 자신을 향해 던져보게 된다. '인생의 즐거움과 행복은 어디로부터 오는 것인가?' 또, '어떤 삶을 살아야 가치 있는 삶이라 말할 수 있을까?' 아마도 사람마다 저마다의 가치 기준에 따라 개인적인 차이가 있을 순 있겠지만 '인생의 진정한 즐거움'이라는 보편적 가치는 대부분 비슷할 것으로 생각된다.

대자연에서 누리는 편안한 휴식을 통해서 삶의 행복을 느낀다거나, 같은 취미를 가진 좋은 친구들과의 사귐을 통해서 인생의 참 기쁨을 누리기도 하고, 또 어떤 경우에는 예술 작품과의 만남을 통해 감성적인 행복을 느낄 수도 있고 창작과 연구 활동을 통한 자기 충족과 보람을 얻을 수도 있다.

일찍이 세르반테스는 "자기가 좋아하는 것을 할 수 있는 사람은 즐거움을 누릴 수 있고, 즐거움을 누릴 수 있는 사람은 만족할 수 있으며, 만족할 수 있는 사람은 더 바랄 것이 없다"라고 하였다.

영국의 '공공정책연구원'이 2012년에 '세계에서 가장 행복한 나라'를 조사 발표했는데, 1위가 노르웨이고 다음이 덴마크, 스웨덴 순이다. 미국이 12위, 영국이 13위, 일본이 22위이고 한국은 27위였다. 지금까지 부탄이 세계에서 가장 행복한 나라라고 알려져 왔는데 부탄은 국민 97%가 스스로 행복하다고 느끼지만 삶의 질을 놓고 볼 때 1등은 아니다. 국민 스스로 주관적으로 행복하다고 느낄 뿐이다.

노벨경제학상을 받은 미국의 저명한 경제학자 폴 사무엘슨은 행복=소유/욕망이라고 정의했고, 『쌍둥이 별』의 작가 조디 피크는 행복=기대/현실이라고 했다. 이렇다면 법정스님의 무소유를 실천하면 분모는 아예 제로니까 행복은 돈이나 성공에 관계없이 무한대라고 할 수 있다.

시카고대의 심리학자 Benjamin Cornwell 교수는 '70대가 가장 행복한 연령대'라고 하였다. 공부의 중압감, 취업, 결혼, 승진, 재산 형성 등의 스트레스에 시달리지 않고, 시간적으로 자유로워 자기가 하고 싶은 일을 할 수 있기 때문이라는 것이다. 그러나 이것은 건강과 돈을 갖춘 사람들의 얘기지 현실은 노인이 되면 많은 사람들은 쓸쓸하고 소외와 궁핍한 삶을 보낸다.

행복은 노력하는 자에게만 문이 열리는 것이며 자격이 주어진다. 링컨은 "사람은 스스로 행복해지려고 결심한 정도만큼 행복해진다"라고 했다. 고난 속에도 희망을 가진 사람은 행복의 주인공이 되고 고난에 굴복하고 희망을 품지 못하는 사람은 비극의 주인공이 된다.

행복의 객관적 지표는 돈, 건강, 친구, 취미 활동 등이지만 주관적 지표는 다양하기 짝이 없고 측정하기 불가능하다. 행복의 기준은 사람마다 다르고 행복에 이르는 비결은 남과 비교하지 말고 긍정적으로 사는 것이다. 한마디로 자기가 하고 싶은 일을 직업으로 택해서 열심히 노력하여 성취감을 느끼며 인생을 즐기는 것이 최고의 행복이 아닐까.

# 한국 최고의 부촌과 공존하는
## 달동네 이야기

친구 몇과 서울성곽을 끼고 성북동 나들이를 하였다. 대개 무슨 동
(洞) 하면 부촌인지, 빈촌인지 떠오르는 이미지가 있는데 성북동은 북
악산 북쪽 기슭과 골짜기 너머 마주 보이는 남쪽의 구릉지로 양분되어
이곳은 재벌의 저택과 외국 대사관저가 밀집되어 있는 최고의 부촌과
이삿짐 옮기기나 연탄 배달도 어려운 서울에 얼마 남지 않은 최하의 달
동네가 공존하는 동네이다. 오밀조밀한 낡은 집 사이로 비탈진 좁은 골
목이 이어진다. 이런 달동네는 월세가 싸서 기초생활수급자나 노년층
이 많이 사는데, 길이 경사지고 가팔라서 무거운 짐을 들고 시장은 어
떻게 보는지, 지금 내가 걸어 내려가기에도 조심조심하였는데 눈이라도
오면 미끄러워서 어떻게 바깥출입을 하는지 만감이 오간다.

서울성곽에서 비탈길을 좀 내려오니 만해 한용운이 55세부터 입적
한 65세까지 살았던 집, 심우장이 나온다. 3·1운동으로 3년 옥고를 치
르고 나와 성북동 골짜기 셋방에서 가족과 어려운 생활을 하고 있었
던 그에게 승려 벽산 김적음이 자신의 초당을 지으려고 준비한 땅 52평
을 내어주자 조선일보 사장과 몇몇 유지의 도움으로 땅을 더 사서 대
지 113평에 건평 16평의 집을 짓고 이를 심우장(尋牛莊)이라 이름 지었

다. 심우장이란 명칭은 선종의 '깨달음의 경지에 이르는 과정을 잃어버린 소를 찾는 것'에 비유한 열 가지 수행 단계 중 하나인 '자기의 본성인 소를 찾는다'는 심우에서 유래된 것이다.

일제의 식량 배급도 거부하고 독립선언서가 친일로 변절한 최남선의 작품임을 알고 자신이 직접 독립선언서를 다시 쓰겠다고 고집하다가 공약삼장만 기초한 철저한 독립운동가인 그는 남향으로 터를 잡으면 조선총독부와 마주 보게 되므로 반대편 산비탈의 북향 터에 집을 지었다는 일화가 있다. 사실 이 집이 자리하고 있는 이 일대는 백악산 동북쪽 기슭의 급경사 사면으로, 남쪽이 높고 북쪽이 현격히 낮은 지형이어서 남향집을 짓기 매우 어려운 지역이다. 이 일대의 집들이 대부분 북향집임을 고려할 때 만해가 조선총독부를 혐오해서 북향집을 지었다는 것은 전설이라고 보아야 하지 않을까? 전문가가 아니라도 현장 답사를 관심 있게 해 보면 금방 답이 나온다.

어쨌든 그 아버지에 그 딸이랄까 심우장에는 만해의 외동딸(이복인 남동생은 월북) 한명숙 씨가 살았으나 건너편 언덕바지에 일본대사관저가 들어서자 "꼴 보기 싫다"며 명륜동으로 이사를 갔고, 그 뒤 서울시 문화재인 심우장의 땅을 1999년에 서울시가 매입했으나 심우장 마당 한켠에 서 있는 시멘트 건물은 여전히 한 씨 소유이며 현재 관리인 가족이 살고 있다 한다. 서울시는 한 씨와 협의와 보상을 통하여 시멘트 건물을 허물어 원래대로 복원하고 만해의 삶과 사상을 전하는 문화재로 가꾸어야 할 것이다. 그는 심우장에서 〈흑풍〉〈박명〉〈후회〉 등의 신문 연재소설을 썼다.

마포 나루터에서 새우젓 장사로 갑부가 된 이종석의 깔끔한 한옥

별장을 둘러보고 다음에 찾은 곳은 수연산방(壽硯山房)으로 월북 작가 상허 이태준의 집이다. 그런데 걸어오면서 새우를 몇 마리나 잡아 젓을 담아 팔아야 저런 별장을 지을 수 있나 친구들끼리 설왕설래가 이어진다.

수연산방은 상허가 직접 형편이 되는데도 조금씩 지어 나갔다 하는데 그래도 가난한 작가가 이만 한 집을 마련한 것은 대견스러운 일이다. 심우장이 16평 건물에 '장중할 〈莊〉'이란 이름을 붙인 것에 비하여 규모에 있어 뒤지지 않고 건축미가 한결 뛰어난 수연산방을 '방 〈房〉'이라 당호를 지은 것만 보아도 두 분의 성품을 미루어 짐작할 수 있겠다.

만해는 호방하고 두주불사형이었으나 상허는 소박하고 사색적이었다 한다. 이 집은 밖에서 보는 것과는 달리 안에 들어오니 작으면서도 넓고 옹색하면서도 더 없이 넉넉하였다. 이 집은 예전에는 '이태현의 집'이라고 불리다가 1988년 월북 작가들이 해금되고 나서야 '이태준의 집'이란 제 이름을 찾았다. 이태준은 〈달밤〉〈돌다리〉〈복덕방〉 등 그의 소설에서 대부분 토착적인 생활의 단면을 서정적으로 그려내고 있다.

지금은 상허의 외손녀가 전통찻집을 운영하고 있는데 한과도 팔고 있다. 오늘도 빈자리가 없이 손님들이 여유롭고 한가롭게 차를 즐기고 있는데 이들이야 말로 진정한 문화인이 아닐까? 스타벅스다 뭐다 하며 원두커피집이 우후죽순으로 늘어나는데 원두커피만 즐기는 젊은이들이여! 이런 곳에서 석양을 즐겨봄이 어떨까?

인근 도로변에 선잠단지가 있는데 이 선잠단은 누에치기를 처음 했다는 중국 고대 황제의 황비 서릉씨를 누에신(잠신)으로 모시고 제사를 지내던 곳으로, 이 단은 고려 성종 2년(983)에 처음 쌓은 곳이었다. 단의 앞쪽 끝에 뽕나무를 심고 궁중의 잠실에서 누에를 키우게 했다. 세종대왕은 누에를 키우는 일을 크게 장려했고, 조선시대 왕비의 소임 중 큰 하나는 친잠례를 지내는 일이었다. 1400년(정종 2)에 건립되었다고 나오는데 확인해 주세요.

지나가는 길에 간송 전형필(1906~62)이 수집한 소중한 문화재와 값비싼 고미술품이 전시된 간송미술관을 위치 확인만 하였는데 이 미술관은 매년 5월과 10월 중순에 보름 동안 무료로 개방된다 한다.

성북동 문화유산의 거리를 이리저리 헤매다 보니 여기저기 우암 송시열 집터라는 표지석이 나오는데 그 규모가 어림잡아 수만 평은 되지 않나 싶다. 커다란 자연암벽에 우암의 친필로 '회주벽립(會朱壁立)'이란 글씨를 새긴 곳으로부터 심지어 올림픽기념관과 보성고교 자리까지 포함되어 있다. 우암은 율곡의 학통을 계승한 주자학의 대가로 영조와 정조 시대에 노론 일당전제가 이루어지면서 그의 지위는 더욱 견고해졌다.

그는 충북 옥천 외가에서 태어나 유년 시절을 보냈고 고향은 충남 회덕이었다. 그런데 그가 성 밖인 성북동에 살았다면 조정에 어떻게 출퇴근을 했는지 궁금하다. 좌의정까지 지낸 그가 걸어서는 다니지는 않았을 터이고 가마를 타고 입궐했을 터인데 그렇다면 시간이 얼마나 많이 걸렸을까. 아마도 본가는 북촌에 있고 성북동 일대는 일종의 그의 별장이었을 것이다. 그리고 회덕인인 우암이 만석꾼도 아닐 텐데 아무리 성 밖이라지만 도성과 맞붙어 있는 이 광활한 땅을 어떻게 차지할 수 있었는지 궁금하다. 국가 또는 왕실에 특별한 공훈이 있는 사람에게 수여했던 공신전(功臣田)일 수도 있겠으나 그가 말년에 사약을 받았으니 탄핵을 받아 부정축재로 이 거대한 땅을 국고에 환수되지 않았을까?

마지막으로 제4대 국립박물관장을 지내고 미술사학자인 최순우의 옛집을 찾았다. 이 집은 1930년대에 지어진 전통한옥으로 건물의 형태와 현판 그리고 정원 등이 조선시대 말 선비의 멋과 운치를 그대로 간직하고 있는 시민문화유산 제1호이다. 최순우가 돌아가고 나서 성북동 한옥의 양옥화 추세로 허물어질 위기에 처한 것을 2002년 12월에 내서 널트러스트(외국에는 이런 운동이 많음)에서 기금을 모아 이 집을 사서 보수를 한 후 2004년 4월에 일반에게 개방하게 된 것이다. 매입 금액은 7억 8천만 원, 보수비용 2억 원이 들었는데 대지 120평에 건평 30평이다. 뒤뜰에는 작고 아담한 정원이 조성되어 있다. 한옥의 여유와 정취가 요란하지 않고 화려하지 않게 은은하게 배어 나온다.

저녁식사 차 국수 좋아하던 어느 대통령이 자주 들렀다는 국시집을 찾아 성북로를 내려오다 보니, 길가에 오원 장승업의 작업실 터라는 표지석이 나온다. 그전에는 무심코 지나쳤던 성북동에 오니 이 일대가 이렇게 많은 문화유산이 산재되어 있음을 미처 몰랐고, 유홍준의 말대로 "우리나라는 전 국토가 박물관"이며 "아는 만큼 보인다"라는 그의 시대적 유행어가 허언이 아님을 실감케 되는 뜻있는 나들이였다

# 당대 최고의 지성인(知性人)들이
# 전라(全裸)로 소 탔던 문묘와 성균관

그저께(2013. 8. 9.) 신문을 보니까 성균관의 명륜당과 운현궁에서 열리는 전통혼례는 불법으로, 경찰에서 업체 대표를 고발했다고 한다. 업체는 명륜당을 전통 혼례식장으로 이용하면서 신랑 신부 측으로부터 130만 원씩 사용료를 받았다고 한다. 그러나 이곳은 국가 지정 문화재로, 2011년 문화재청이 명륜당과 운현궁의 전통혼례는 불법으로 규정했지만 그간 관리 관청은 아무런 조치도 취하지 않은 채 방치해 두었다는 것이다.

성균관과 문묘는 담장 하나 사이로 이웃해 있다. 성균관의 명륜당을 가려면 문묘를 거쳐야 한다. 문묘는 공자, 맹자 등 중국 성현 21인과 설총, 최치원, 정몽주, 조광조, 이황, 이이, 김장생 등 우리나라 명현 18인을 모시고 1년에 2번, 봄가을에 제사(釋奠祭)를 지내는 곳이다.

유학(儒學)을 국가 이념으로 하고 불교를 억압했던 조선시대에는 당연히 문묘가 정신적 지주였다. 유학이라는 학문이 종교적 차원으로까지 발전한 유교는 중국에서는 BC 136년 한나라 때 국교로 선포되었고, 조선시대는 숭유억불(崇儒抑佛) 정책으로 사실상 유교가 국교였다. 유교가 종교인지 여부에 관하여는 양론이 있지만 브리태니커사전에도 유교가 종교라고 하고 있으며 인구센서스에 유교인이 80만 명으로 나와 있다.

하지만 문묘가 있다면 을지문덕, 최영, 최윤덕, 이순신 등 나라를 지킨 무인(武人)들을 향사(享祀)하는 무묘(武廟)도 있어야 마땅할 것이다. 관우를 제사지내는 관묘도 있는데 무묘가 없다니 도대체 아국(我國)은 자고로 국방의식이 있었는지 한심스럽다.

문묘 답사를 마치고 담장 사이에 있는 성균관으로 들어갔다. 성균관은 고려 말부터 이어진 조선의 최고 교육기관으로 충선왕 때는 국학, 공민왕 때는 국자감이라 불렀다. 따라서 성균관(성균관대학과는 무관)은 역사가 세계적으로 깊은 국립대학이라 할 수 있고, 지금 개성에도 성균관이 있다. 명륜당은 성균관의 교실 격으로 유생들이 강학을 하던 곳이다.

성균관 유생의 정원은 조선 건국 초에는 150명이었는데 학문을 좋아하는 세종대왕은 50명을 증원했고, 무슨 이유에서인지 영조 집권 시는 74명으로 구조 조정을 했다. 성균관에 입학하면 학비는 물론 숙식과 학비 일체가 국가에서 부담한다.

입학 자격은 진사시와 생원시에 합격한 사람이었고, 이외에도 음서(蔭敍, 시쳇말로 빽, 父나 祖父가 고위직을 했거나 국가에 공훈을 세운 경우)를 통해서도 입학할 수 있었다. 정원 미달 시에는 소과초시 합격자나 조관 등에서도 보충하였다.

명륜당 마당에 있는 느티나무 아래 돌은 벌 받는 자리로 스스로 회초리를 들었다고 한다. 성적은 대통, 약통, 조통, 불통으로 나누어 매겼다. 성적이 우수하면 문과시험 대과의 초시를 면제해 주었다.

성균관 교육 과정을 마친 유생에게는 대과 응시 자격을 주었다. 대과에 합격해야 관료로 등용되는데 이 시험은 창덕궁 후원(後苑, 흔히 秘苑이라고 불리는데 이는 일제가 붙인 이름이고 정식 명칭은 후원임)에서 임금님 참관 하에 시행된다. 대과의 합격 정원은 33명이다.

성균관에 오니 불현듯 수주(樹州) 변영로가 회상된다. 내가 술을 좋아 해서인가? 그는 우리 고교 시절 국어 교과서에 실린 〈논개〉를 지은 시 인이자 영문학자이며 외무부장관을 지낸 변영태의 동생으로 당대의 대 주호(大酒豪)로 수많은 일화를 남겼다. 이 중에서 백미는 성균관 해프닝 인데, 왕년에 술깨나 마신 분들은 잘 알고 있겠지만 비주류 제현(非酒類 諸賢)을 위하여 기억을 더듬고자 한다.

수주(樹州)가 혜화동에 살 때인데, 하루는 공초(空超) 오상순과 성재(誠 齋) 이관구 그리고 횡보(橫步) 염상섭이 놀러 왔다. 이들은 모두 당대를 주름잡는 주림(酒林)의 거두(巨頭)들로써 불가무 일주배, 두주불사(不可無 一杯酒, 斗酒不謝)를 마다 않는 주선(酒仙)들이었다. 그러나 돈만 있으면 술 사 먹는 수주(樹州)의 수중에는 수삼 원밖에 없어 이 돈으로는 보통 술 꾼 4인이 대작하기에는 큰 지장은 없으나 이들 세 주선(酒仙)을 대접하기 에는 턱도 없었다.

궁리 끝에 동아일보사 편집국장 고하(古下) 송진우에게 동네 꼬마 편 에 편지를 보내 "좋은 기고를 하여 줄 터이니 50원만 선불해 달라"(당시 쌀 한 가마가 10원) 하여 소주 술 말이나 사고 고기 근이나 사 가지고 동 네 심부름꾼의 지게에 매고 사발정약수터(성균관 뒤)에 가서 냄비에 고기 를 끓였다.

쾌음(快飲), 고담(古談), 농담(弄談), 치담(恥談), 문학담(文學談)을 순서 없 이 지껄이며 권커니 잣거니 마셨다. 이야기도 길고 술도 길었다. 갑자기

폭우가 쏟아져 옷을 찢어 버리고 대취하여 광가난무(狂歌亂舞)를 하다가 소나무 그늘에 소 몇 마리가 매여 있음을 발견하였다. 몸에 일사불착(一絲不着)한 상태로 그 소들을 잡아타고 소위 당대의 최고 지성인들인 그들이 공자를 모신 문묘를 지나 큰 거리까지 진출하였다가 큰 봉변을 당하였다 한다.

이들은 당대를 풍미하던 로맨티스트로 이러한 호연지기가 마냥 부럽기도 하지만 한편 숨 막히는 일제가 얼마나 답답했기에 술로써 망국의 한과 울분을 토했을까 생각하니 숙연해지기도 한다.

# 류현진 보는 맛에
# 산다

어제(2013. 8. 9.) 류현진이 미국 메이저리그(프로야구)에서 또 이겼다. 미국 프로야구는 세계 최고 수준으로 몸값이 하도 높아 돈의 위력으로 전 세계의 야구선수들이 미국에 진출하려고 혼신의 노력을 한다. 이번에 금지약물 복용 사건에 휘말린 뉴욕 양키스의 4번 타자 로드리게스의 연봉은 무려 3천만 달러(약 339억 원)나 되는 천문학적 액수다. 그러니 야구 선수에게 미국 메이저리그는 꿈의 무대고 선망의 대상이다.

이런 치열한 경쟁에서 류현진은 어제 현재 11승 3패의 성적을 올려, 소속 팀 LA다저스에서 최다승 투수가 되었다. 같은 팀의 에이스인 커쇼는 10승 6패로, 류현진이 미국 진출 첫해란 점에 비추어 볼 때 정말 상상도 못 했던 경이로운 결과다. 커쇼의 연봉은 1천125만 달러(약 125억 원)인데 비하여 류현진의 연봉은 333만 달러(약37억 원)로 1/3도 채 안 된다. 참고로 류현진이 한화이글스에 있을 때 연봉은 2억 원 정도였다.

LA다저스 팀은 박찬호가 미국에 처음 가서 1996년부터 2001년까지 활약했던, 야구를 좋아하는 중년 이상이라면 추억 어린 구단이다. LA다저스 스타디움은 1백만 LA 교포들에게 박찬호의 향수가 묻어 있는 구장인데, 10여년 만에 다시 류현진이 나타나 LA 교민이 다시 열광하는 구장이 되었다. 아마도 LA 교민들은 류현진 덕분에 어깨가 으쓱하고 기쁨을 가져다주며 엔도르핀이 막 솟아나고 바쁜 삶의 스트레스를 확 날려 보낼 것이라고 짐작한다.

이역만리 태평양 건너 TV 중계로만 류현진의 경기를 시청하며, 찌는 듯한 한여름의 폭염을 잊고 사는 나 같은 사람도 있는데, 현장에서 즐기는 동포들의 기쁨이야말로 어찌 표현하랴. 10년 전에도 박찬호가 출전하는 날이면 야구팬들은 밤을 새며 중계방송에 열광했다.

1998년 IMF 때 국민에게 희망을 불어 넣어준 박세리의 US Open LPGA대회 우승으로 박세리 Kid 붐을 일으켜 오늘날 LPGA대회는 한국선수가 휩쓸고 있으며, 얼마 전에는 박인비가 금년에 메이저대회를 기록적인 3승이나 올렸고 매 대회마다 한국 여자선수가 Top Ten에 4~5명은 꼭 들어간다.

야구에도 박찬호 키드가 류현진이다. 류현진은 26세(198년 3월 25일생)로 인천 출신이며 투수로 활약하여 야구 명문 동산고등학교 시절 청룡기고교야구대회 우승을 이끌어 냈고, 한 경기에서 무려 삼진 17개를 잡아내는 등 프로야구 신인 드래프트지명 1순위였으나 연고지인 SK와이번스와 2지명권자인 롯데자이언츠가 선택하지 않아 한화이글스에 입단하였다.

그런데 이것이 그의 행운이었다. 명감독 김인식 아래 왕년의 명투수 한용덕 코치의 지도와 선배 투수 구대성의 도움으로 기량을 도약시킬 수 있었고, 당시 투수 기근이던 한화이글스에 류현진이 신인임에도 불구하고 선발투수로 기용되어 대활약을 하여, 마침내 한화이글스가 1999년에 한국시리즈를 우승하는 데 주역을 하였다. 그래서 그의 등번

호가 우승년도를 상징하는 〈99〉번이다. 그는 학업에도 관심이 많아 와중에도 대전대학교 사회체육학과 학사와 석사 과정을 마쳤다.

그의 아버지 류재천 씨도 아마추어 운동선수 출신으로 다혈질이며, 류현진이 출전하는 경기는 부인 박승순 씨와 함께 빠지지 않고 꼭 응원하는 그야말로 극성 광(狂)팬이다. 미국 LA에 집을 사서 아주 거기 살며 아들을 응원하고 있다. 미국 TV에서 이 부부가 응원하는 모습을 비춰 준 적이 있다. 아버지 류재천 씨는 한때 조폭이라는 오해를 받은 일화가 있다. 다음은 그의 변명이다.

"류현진이 고 1때입니다. 류현진은 어린 시절부터 인천의 한 대형병원 문턱이 닳도록 드나들며 팔꿈치를 관리 받았습니다. 대회가 끝나면 아들의 손을 붙잡고 병원을 찾았고, 꼼꼼히 진찰을 받았습니다. 그런데, 팔꿈치가 아팠습니다. 그 인천의 병원에서는 이상이 없다고 했습니다. 그런데 계속 아팠고, 서울의 한 병원을 갔을 때를 두고 나는 세상이 무너지는 줄 알았습니다. 팔꿈치 인대가 너덜너덜했습니다. 나는 팔꿈치가 괜찮다고 했던 인천의 그 병원을 찾았습니다. 그때 병원 찾아가서 로비에서 소리소리 질렀습니다. 마음 같아서는 다 부숴버리고 싶었는데 참았습니다."

이상은 그의 해명이지만 항간에는 화를 못 참아 그 정형외과를 초토화시켰다고 소문이 나서 류현진 아버지가 조폭이라는 오해를 받았다. 인상이 통뼈로 조폭에 딱 어울린다. 이러한 사실은 류현진이 '무릎팍도사'에 나와서 해명한 바가 있으니 내가 근거 없이 그를 음해하는 것은 아니다.

류현진은 작년 LA다저스와 계약 기간 6년 동안 총액 3600만 달러(한화 약 390억 원)를 받는 조건으로 계약하였다. 이 금액을 한꺼번에 다 받는 것은 아니고 해마다 착착 올라가는 연봉을 받고, 2016년부터는 4년간 700만 불씩 고정으로 받는다.

여기에도 일화가 있다. 배짱이 두둑한 그는 '마이너리그에 가지 않는다'는 것과 '불펜투수는 하지 않겠다'는 과감한 조건을 내걸어 계약 시한 30초 전에 계약을 성사시켰다고 한다. 만약 계약이 불발되면 메이저 진출이라는 꿈을 접고 귀국해야 하는 절체절명(絶體絶命)의 순간이었다. 박찬호는 마이너리그를 거쳤고 오랜 선수 생활 동안 마이너리그에 여러 번 오갔다. 마이너리그 선수는 완전 찬밥이다. 이동은 버스로 하고 식사는 메이저와는 비교가 되지 않으며 숙소도 열악하다. 그야말로 고생 좀 하고 각성하라는 일종의 기합이다.

나는 지금까지 그의 경기를 빼놓지 않고 시청했는데, LA와 샌프란시스코 등 미국 서부에서 열리는 경기는 아침에 볼 수 있으나, 뉴욕과 볼티모어 등 동부에서 열리는 경기는 새벽 2시에 시청해야 했기 때문에 생체리듬이 깨져 회복하느라 고생깨나 하였다. 노년이 되면 어쩔 수 없는가 보다. 가수 싸이는 LA다저스 스타디움을 두 번이나 찾아 류현진을 응원했다.

우리나라의 야구가 세계의 주목을 받기 시작한 것은 2008년 올림픽 금메달과 월드베이스볼클래식대회(WBC)에서 준우승하고부터이다. 2008년 베이징 올림픽에서 김경문 감독이 이끄는 우리나라가 한국 야구를 비하하던 일본, 세계 최고의 선수진을 확보하고 있는 미국 그리고 세계 최강의 쿠바를 차례로 굴복시키고, 단 한 차례의 패배도 없이 9승 전승으로 금메달을 따자 전 국민이 환호하였다. 지금도 케이블TV 스포츠 채널에서는 심심하면 이 경기들을 재방한다. 주로 일본전이다.

그리고 다음 해 2009년에 열린 제3회 월드베이스볼클래식대회(WBC)에서 김인식 감독이 이끄는 한국 팀이 준우승을 하였다. 이래서 한국 프로야구 관객 7백만 시대를 열었고 WBC대회와 올림픽에서 활약한 류현진이 세계 야구시장의 주목을 끌어 이를 계기로 그가 미국 메이저리그에 진출하는 원동력이 되었다.

미국 사람들은 어렸을 때부터 야구가 생활화되어 노년층도 야구장을 많이 찾으며, 집에서 야구 중계를 보며 세월을 보낸다. 우리나라는 젊은 여성이 야구장의 거의 반을 차지하고 있으나 흰머리나 대머리는 찾아보기 힘들다.

나는 류현진이 출전하는 날은 다이어리에 빨간 표시를 해 놓고 모든 약속을 미룬다. 나는 요즘 닷새 거리로 류현진을 보는 맛으로 찌는 듯한 더위를 잊고 산다. 나에게 기쁨을 주고 엔도르핀을 쏟게 하는 그가 슬럼프에 빠지지 않기를 간절히 소망할 뿐, 딱히 내가 도와줄 능력이 없으니 멀리서 가슴 졸이며 응원이나 열심히 할 뿐이다.

# 황희 정승은
# 과연 조선시대 최고의 청백리였을까?

황희 정승은 오늘날의 국무총리 격(格)인 일인지하 만인지상이라는 영의정을 18년이나 역임했다. 그리고 조선조 최고의 청백리로 벼슬아치의 표상이요 좌표로 추앙받았다. 황희 정승에 대한 이야기는 너무나도 많은 일화가 있다 그중에서 황희 정승의 청렴에 대한 이야기로는 그가 세상을 하직했을 때에는 장례비용을 걱정해야 할 정도로 청빈했다는 이야기고 보면 그분의 청렴은 알 만하다.

전해 오는 설화에 의하면 그는 평생 시골 마을의 생원 집보다 못한 작은 집에 거적때기를 깔아 놓고 살면서 있는 것이라곤 누덕누덕 기운 이불과 서책이 전부였으며, 아침저녁으로 끼니 걱정을 하였고, 그의 장례식에는 딸들이 상복이 하나밖에 없어 찢어 나누어 입었다고 한다. 또 장마로 집에 비가 새자 방 안에서 우산을 받쳐 들었다고 하는데, 이는 세종대왕 때 우의정을 지낸 유관의 실제 얘기가 와전된 것이다. 세종대왕 때 대표적인 청백리는 황희, 허조, 유관, 맹사성을 꼽는다. 정약용은 "왕조 개창 이래 400년(정약용 때까지) 동안 수많은 벼슬아치 중 청백리로 뽑힌 이는 110명에 불과하다"고 개탄했다.

그런데 황희가 끼니 걱정까지 했을까? 『경국대전』을 보면 당시 영의

정의 녹봉이 쌀 64석, 보리 10석, 콩 23석, 면포 21필로 8~9명의 대가족이 넉넉하게 먹고 살 수 있을 만큼 충분했으며, 더구나 황희는 영의정을 18년이나 했고 벼슬을 74년이나 했다. 참고로 종9품의 녹봉은 쌀 9석, 보리 1석, 콩 2석, 면포 2필로 쌀, 보리, 콩을 합쳐도 12석에 불과하여 부부 2명이 간신이 먹을 정도였다. 이러니 민초(民草)의 피땀을 얼마나 수탈했겠는가.

종6품이 되어야 쌀만 24석이 지급되어 노비도 한두 명 둘 수 있고, 당상관과 당하관을 가르는 경계인 정3품이 되면 녹봉이 껑충 뛰어 올라 쌀 47석, 보리 7석, 콩 15석, 면포 17필로 본처 1명에 소실 1명과 자식 3명은 너끈히 부양하고 노비도 한두 명 부릴 수 있었다.

황희 정승은 자식 농사도 잘 지어, 호조판서까지 지낸 둘째 아들(첫째 황중생은 庶子) 황치신은 벼슬이 참의에 이르자 큰 집을 짓고 낙성연을 베풀었는데, 황희는 "나라의 녹을 먹고 사는 관리가 이렇게 큰 집을 지어 놓고 잔치를 베풀다니 이것은 네가 뇌물을 받아 집을 지은 게 분명하다"라고 자리를 박차고 나와 버렸다 한다. 황치신은 중추원판사 시남의 노비를 빼앗은 혐의로 파직됐다가 복직되기도 했다. 그렇다면 아버지는 만고의 청백리인데 부전자전이 되지 않은 것은 훈육에 문제가 있는 것은 아닌지. 수신제가가 먼저일 텐데……

나중에 영의정까지 지낸 셋째 아들 황수신은 매일같이 기생집에 드나들어 몇 번이나 타일렀으나 아들은 나쁜 버릇을 고치지 않고 기생집에서 밤을 새우는 일이 많자, 어느 날 아침 문밖에서 기다리고 있다가 "손님, 저희 집을 찾아 주셔서 감사합니다. 그대는 아비 말을 듣지 않으니 우리 집 사람이 아니고 손님입니다"라고 꾸짖어 그때부터 아들이 자신의 잘못을 깊이 뉘우치고 학문에 전념했다고 한다. 그러나 그는 음서(蔭敍, 나라에 공을 세운 신하나 지위가 높은 관리의 자손을 과거를 치르지 않고 관리로 채용하던 제도)로 벼슬길에 올랐다. 그리고 도승지로 있을 때 친분이 있는 자를 부정 발탁한 것이 적발되어 파직당하기도 하였다.

그건 그렇고 벼슬길에 오르지 않아 벌이도 없는 황수신이 무슨 돈으로 기생방을 제 집 드나들듯 했는지, 아침저녁으로 끼니를 걱정하고 초상 때는 딸들의 상복 하나 제대로 장만하지 못한 집안에서 무슨 돈으로 황희의 분묘를 3단으로 거대하게 조성했는지, 왕릉과 같이 문인석 2개, 무인석 2개를 세웠는지……. 아들이 고위직에 있었으니 그럴 만도 하지만 그렇다면 자기는 청백리이면서 자식들은 재테크의 귀재라 할 것이며, 종중에서 해 주었을 수도 있고 영의정을 18년간이나 지냈으니 국장으로 호화 봉분을 조성했을 수도 있지만 그렇다면 이는 그의 청백리라는 이미지를 훼손하는 것이며 그를 욕보이는 것은 아닐는지…….

나뿐만 아니라 560여 년간 이곳을 탐방한 사람이 수십만 명은 될 터인데 나만 이런 삐딱한 생각을 하는 것인가? 내가 황희 정승에 관심을 갖게 된 동기는 3단으로 조성된 그의 호화봉분과 87세에 관직에 물러나 갈매기와 벗 삼아 여생을 보내려고 임진강 변에 지은 '반구정'이라는 아름다운 정자를 보고 나서였다. 장수 황씨 문중에서 맞아 죽을 소리일지 모르지만 조선시대 최고의 청백리라고 칭송받는 황희 정승을 내 나름대로 들여다보고자 한다. 다음 얘기는 모두 조선왕조실록에 기록된 사실이다. 실록을 보면 황희 정승의 비리가 10여 차례 나온다.

사위 서달이 살인을 저질러 이를 무마시키려고 맹사성에게 청탁을 넣었다가 탄핵을 받았고(세종실록 36권, 세종9년 6. 21.), 옥에 간힌 역리 박용에게 뇌물(말 한 필과 연회)을 받고 선처를 부탁한 바 있고(세종실록 40권, 세종10년 6. 14.), 교하수령 박도에게 토지를 뇌물로 받고 그의 아들의 인사 청탁을 들어준 것(세종실록 53권, 세종13년 9. 8.) 등이다. 또한 그는 영의정만 18년을 했으니 명절이나 큰일을 치를 때 받은 부조금이 얼마나 될까?

당시 변계량이란 인물이 있었다. 대제학을 지낸 그는 조선 5백 년 역사를 통하여 가장 인색했던 관리로 이름을 떨쳤는데, 고려조부터 네 분의 임금을 내리 섬겼고 학문이 높아 세종의 총애를 받았다. 세종이 그를 소중히 여기므로 여러 신료들이 다투어 음식과 일용품을 바쳤다고 한다. 그런데 변계량은 음식에서 냄새가 나고, 썩고, 쥐가 먹고, 곰팡이가 슬어도 노비들이나 하인배들에게 맛보이기는커녕 썩으면 내다 버렸다 한다. 자린고비를 능가하는 짠돌이 중의 짠돌이었다.

왜 내가 뜬금없이 변계량 얘기를 꺼내는가 하면, 황희도 변계량과 같이 고려 말부터 세종 때까지 벼슬을 한 동시대의 인물이고 황희는 변계량보다 품계가 높았을뿐더러 세종의 신임도 더 두터웠으므로 판서를 위시한 여러 당상관들이 명절이나 대소사에 많은 부조를 했으리라 추정할 수 있기 때문이다. 더구나 처신에도 문제가 있어 '제2차 왕자의 난'으로 역적으로 몰려 죽임을 당한 박포의 아내를 그의 집 뒤뜰 토굴에 숨겨 놓고 3년간 통정을 했다는 음해도 있다.

한 가지 더, 청백리라면 모아둔 재산도 없을 터인데, 87세에 사직한 그가 얼마나 더 살겠다고 거금을 들여 여생을 즐길 정자를 지은 점도 영 마음을 찜찜하게 한다. 친지나 독지가가 지어 주었을 수도 있겠지만 그렇다면 평생 청백리로 살아온 그가 퇴직했으므로 "대가 없는 뇌물은 뇌물이 아니다"라는 논리로 정자를 기증받았을까? 그가 청백리라면 당연히 사양해야 마땅할 것이다.

물론 나는 600여 년간 국민적 통념으로 조선조 최고의 청백리로 손꼽는 황희 정승을 폄하(貶下)하고자 하는 것은 아니다. 다만 우리는 역사를 여러 각도에서 보자는 뜻이다. 사람은 신이 아닌 이상 약점과 과오가 없을 수 없다. 털어 먼지 안 나는 사람은 없다. 혹시 조선조의 관리들은 하도 썩어서 황희를 귀감으로 삼고자 한 것은 아닌지……

상대적 청백리가 아닌 교과서에 실린 청백리 황희 정승 이야기는 부패가 만연한 세태의 절대적 청백리로 교육용이고, 성인용 역사는 진실을 파헤쳐 또 다른 교훈을 찾아야 되지 않을까. 이것이 정사가 아니겠는가. 그런데 여기서 한 가지 더 생각해 볼 점은 조선시대에 관리에게 최저생계비도 안 되는 녹봉을 주었기에 때문에 부패할 수밖에 없었을 것이라는 점이다. 어쨌든 황희 정승은 조선조 최고의 청백리이고 명재상이다. 이 점은 어느 누구도 부정할 수 없을 것이다.

1428년 당시, 황희는 44년째 근무한 최고의 관료였다. 이런 장기 근무자가 많은 노비를 보유하는 것은 별로 이상한 일이 아니었다. 그런데 황희의 경우에는 44년간 받은 봉급을 감안한다 해도 너무 많은 노비를 거느리고 있었기에 의혹을 받았던 것이다. 조선시대에는 1~2백 명 정도의 노비를 보유하면 '노비를 꽤 많이 보유하고 있다'는 세간의 평가를 받았다. 황희가 보유한 노비 숫자를 확인할 길은 없지만, 만약 몇십 명 정도를 보유했다면 '근무 연수에 비해 노비가 너무 많다'란 말이 나오지 않았을지도 모른다.

'이런 관료가 어떻게 청백리의 명성을 얻을 수 있었을까?' 『세종실록』은 그가 이미지 관리를 잘했기 때문이라고 말한다. 그는 사람들과 함께 사안을 의논하거나 자문에 응할 때에 언사가 온화하고 단아하며 사리에 어긋남이 없었기 때문에 세종대왕에게 중후하게 보였던 것이다.

황희의 부정부패가 살아생전에 잘 알려지지 않은 데는 몇 가지 이유가 더 있다. 생전에도 비위 사실이 문제가 된 적이 많았지만, 그는 세종의 최측근이었기 때문에 웬만한 공격이나 비판에는 끄떡도 하지 않았다. 태종 이방원이 황희에게 "내 아들을 부탁한다"고 당부했기 때문에, 세종대왕도 그를 가벼이 대할 수 없었다. 게다가 황희는 정세 판단 능력이 기민하고 업무수행 능력이 탁월했으며 무엇보다도 주군의 심리를 잘 간파했다. 이렇게 쓸모가 많은 인물이었기 때문에 태종이나 세종은 그의 결함을 가급적 덮지 않을 수 없었다.

설화에 의하면 세종이 황희를 크게 아껴 탄핵을 면하도록 비리를 저지르지 않게 밀착 감시를 하여, 황희는 "더러워서 비위를 저지르지 않겠다"고 하여 그때부터 비리 그물에서 벗어났다 한다. 세종과 황희가 모두 세상을 떠난 뒤 『세종실록』을 편찬하는 과정에서 용기 있는 사관들의 노력에 힘입어 황희의 비리가 실록에 기록될 수 있었지만, 이런 사실이 세상에 자세하고 널리 알려지는 데는 한계가 있었다.

구한말까지도 소수의 사람들 외에는 실록을 열람할 수 없었다. 실록을 자유롭게 볼 수 있게 된 것은 지금으로부터 몇십 년도 되지 않는다. 사정이 이랬기 때문에 실록에 기록된 황희의 부정부패는 세상에 쉽게 알려질 수 없었다. 그래서 그는 전설적 존재가 되어 청빈을 갈구하던 민초들의 입을 거쳐 가며 점점 침소봉대되어 조선시대 최상의 청백리로 추앙받을 수 있었던 것이다. 황희의 세 아들 중 막내인 영의정 황수신이 죽었을 때 사관(史官)이 다섯 글자를 썼는데, 성황심역황(姓黃心亦黃)

이라 하였다. 이 말이 무엇을 뜻하겠는가. 사관이 에둘러 기록한 것일 것이다.

증류수 같고 유리창 같은 완벽한 사람은 없다. 증류수에서는 물고기가 살지를 못하고 유리창이 너무 깨끗하면 새가 날아와 부딪쳐 죽고 만다. 완전한 사람은 없다. 평생에 깨끗한 정치를 논하던 공자도 노나라 재상에 올랐으나 그의 정치 이상이 실패로 끝나고 말았다. 맹자는 나라를 돌아다니며 자신의 정치사상을 군주에게 설파하는 유세(遊說)를 했지만 벼슬에는 오르지 않고 제자들을 가르치고 자신의 가르침을 기록에 남기는 데 전념했다.

정치와 행정은 현실이다. 정치와 행정은 도덕군자가 설 자리가 아니다. 행정은 현실에 시의적절하게 대응하고 변화해야 한다. 국무총리나 장관 등 행정 책임자의 선정 기준에 도덕적으로 깨끗한 사람을 최우선으로 하는 것은 문제가 있다. 그 이전에 먼저 그 사람의 행정 능력과 경륜과 자질을 보아야 한다.

과거 우리나라는 1960년대의 1인당 국민소득 100불에서 오늘 날 2만 불에 이르는 산업화과정에서 사회적으로 여러 가지 불합리하고 부조리한 경제행위가 자행되었다. 이에는 누구도 자유스럽지 못한 것이 현실이다. 60~80대는 단칸방에서 시작하여 번듯한 집 한 채씩은 가지고 있는 것이 평균적이고 보편적인 현실이다. 이 과정에서 아무런 범법의식 없이 위장전입도 했고, 공무원의 생활비도 안 되는 박봉에 특수 활동비는 일종의 월급 보상금이었다. 여기에서 자유로운 공무원은 주변머리가 없는 외골수였고 정의의 사도였다.

# 서울의
# 서촌(西村)을 걷다

장마의 한복판에서 강원도는 물 폭탄을 맞아 한강둔치는 거대한 호수로 변했고 사방에서 비 피해가 속출하고 있다. 오늘의 날씨도 비가 얼마나 뿌릴지 어림잡을 수 없다. 다행히 비는 오지 않아 준비한 우산이 오히려 거추장스러웠고 내내 구름이 끼어 덥지 않아 걷는 것이 쾌적하기만 하였다.

오늘 우리가 걸은 동네를 '西村'이라고 한다. 서울에 오래 살아도 대부분의 사람들은 사대부가 살았던 북촌과 가난한 선비가 살았던 남촌은 알아도, 서촌이라는 지명은 잘 모른다. 서촌은 청계천 위쪽에 있는 동네라 하여 '웃대'라고도 부르기도 하고, 세종대왕이 태어난 곳이어서 '세종마을'이라고도 한다. 서촌과 웃대는 조선시대부터 부르던 이름이나 세종마을은 근래 붙여진 이름이다.

18세기 후반 이가환의 『옥계청유첩서』를 보면, 한양도성을 도성의 북쪽 북악산 밑의 '북촌', 남쪽 남산 밑의 '남촌', 동쪽 낙산 밑의 '동촌', 서쪽의 '서촌' 그리고 청계천 장교와 수표교 일대를 '중촌'으로 나눠서 분류했다. 서촌(웃대)은 조선 건국 이래 왕족에서 서인(庶人)으로 다음은 중인(中人)마을로 그 후는 소수의 권세가의 거주지로 변화했다. 태조 이성계가 왕조를 세우고 세종이 왕조 기틀을 잡을 때까지 경복궁과 맞붙은 서촌은 왕족의 텃밭이었다.

조선시대 중반기부터 서촌에는 중인인 역관(통역사), 의관(의사), 율관(변호사), 음양관(천문학자), 산관(수학자), 화원(화가) 등 요즘으로 치면 전문직 종사자들이 많이 살았다. 중인은 양반이 아니어서 고위 관직에 나갈 수는 없었지만, 전문 지식과 문화적 소양을 바탕으로 조선 후기 들어 한양의 문화 중심이 되었다.

이곳은 인왕산에서 발원해 청계천까지 흘러 들어가는 개천인 백운동천이 있어 경관이 빼어나고 경복궁과 인왕산 사이에 아늑하게 자리 잡고 있어 유난히 화가와 시인들이 많이 태어나고 거주했다. 조선시대 최고의 화가인 겸재 정선이 이곳에서 태어나 이곳에서 생을 마감했고, 김정희, 정철, 김창흡 등 조선 시대의 예술가들과 이상, 노천명, 윤동주, 이중섭, 박노수, 이상범, 김동진 등 근현대사에 족적을 남긴 예술가들이 많이 살았다. 눈길을 끄는 것은 많은 장르의 예술 중에 화가와 시인이 많이 살았다는 점이다. 아마도 서촌의 경관이 예술가와 궁합이 잘 맞았기 때문이 아닌가 생각해 본다.

오늘의 걷기는 종합청사 뒤에 있는 종침교(琮沈橋)에서부터 시작했다. 경복궁역 근처 조선시대 종침교라는 다리가 있었고, 이 다리는 인왕산에서 발원해 청계천까지 흘러들어간 백운동천을 1925년 복개할 때 철거됐다. 왕이 서울 경복궁을 나와 사직단에 제사를 지내러 갈 때 이 다리를 건넜다.

전해오는 말에 의하면, 성종 때 연산군의 생모 윤씨의 폐비를 논의하기 위한 어전회의가 열렸는데, 당시 재상이었던 허종(許琮)과 그의 아우

허침(許琛)이 누이의 묘책에 따라 거짓으로 이 다리에서 낙마하여 부상을 입었다는 핑계를 대고 회의에 참석하지 않았고, 이로 인해 뒷날 갑자사화의 화를 면하게 되었다고 한다. 그 후 이 일화에서 그 형제의 이름자를 따서 종침교(琮沈橋)라고 불렀다고 한다. 줄여서 종교(宗橋)라고도 하였으며, 부근의 마을 이름은 종침다릿골이라고 부르기도 했다 한다.

다음은 길 건너 내수사가 있던 곳을 보았다. 물론 내수사는 언제 헐렸는지 온데간데없고 표지석만 남아 있었다. 내수사는 궁중에서 쓰는 미곡·포목·잡화·노비 등 왕실 재정의 관리를 맡아보던 관청이었다.

길을 따라 사직단으로 갔다. 조선 태조는 왕조 상징인 정궁을 기준으로, 왼쪽에 종묘, 오른쪽에 사직단을 배치했다. 한양(漢陽)에 도읍을 정한 조선 태조 이성계(李成桂)는 고려의 제도를 따라 경복궁 동쪽에 종묘(宗廟), 서쪽에는 사직단을 설치하였다. '사직(社稷)'이란 토지의 신인 '사(社)'와 곡식의 신인 '직(稷)'을 아울러 이르는 말이다

사직은 풍흉과 나라의 운명을 좌우한다고 믿었기 때문에, 나라를 새로 세우면 가장 먼저 왕가의 선조를 받드는 종묘와 함께 사직단을 지어서 복을 비는 제사를 지냈다. 사직단에서는 1년에 네 차례 대사와 중사를 지냈고, 그 밖에 기곡제와 기우제를 지내기도 하였다.

종묘는 조상 숭배와 유교적 인륜을 기본으로 한 정신이고 사직단은 하늘과 땅에 대한 풍작을 기원하고 자연재해가 없기를 기원하는 자연존중과 숭배정신이다. 따라서 종묘사직은 국가를 의미한다. 그래서 드라마에서 "전하 종묘사직을 지키시옵소서"라는 대사가 가끔 나온다. 그런데 사직단 뒤편에 이율곡과 신사임당 동상이 있는데 의아했다. 제자리가 아닌 듯싶었다. 동상은 상징물인데 이곳에 연고가 없으니 생뚱맞

을 수밖에 없다.

여기서 종로도서관을 끼고 황학정에 다다랐다. 황학정은 원래 등과정(登科亭)의 자리였는데 등과정은 이미 사라졌기 때문에 이곳에 황학정을 옮겨왔다. 황학정은 경희궁에 있던 왕의 전용 활터에 딸린 정자로 일제강점기 시절 경희궁을 해체해 그곳에 경성중학교(해방 후 서울중·고 자리)를 지으면서 옮겨온 것이다. 황학정 바로 위 바위에 새겨진 '登科亭'이란 각자(刻字)가 눈에 띈다.

조선시대에는 곳곳에 사정(射亭)이 있었는데 누상동에 바위에 새겨진 백호정(白虎亭)이란 각자가 있어 우리는 이를 내려오는 길에 둘러보았고, 등과정은 경복궁 서편 인왕산 기슭 옥동(玉洞)에 있던 등용정(登龍亭). 삼청동의 운용정(雲龍亭). 사직동의 대송정(大松亭). 누상동의 풍소정(風嘯亭)과 함께 인왕산 아래 서촌(西村) 오사정(五射亭)이라고 불렀다.

육영수 여사를 배출한 배화여고 뒤쪽으로 가니 필운대란 각자(刻字)가 새겨진 바위가 나온다. 이곳은 조선 선조 때의 재상 백사(白沙) 이항복(李恒福)의 옛 집터다. 원래 권율이 살던 집인데 기상대 근처 성 밖으로 이사 가면서 이 집을 사위에게 물려주었다고 한다. 필운은 이항복의 또 하나의 호이며 인왕산을 필운산이라고 부르기도 했다. 필운대 큰 바위에 이항복의 후손(9대손)으로 고종 때 영의정을 지낸 월성(月城) 이유원(李裕元)이 쓴 것으로 짐작되는 글이 새겨져 있다. 이 글의 내용은 다음과 같다.

"우리 할아버지 살던 옛집에 후손이 찾아왔더니, 푸른 바위에는 흰 구름이 깊이 잠겼다. 끼쳐진 풍속이 백년토록 전해오니, 옛 어른들의 의관이 지금껏 그 흔적을 남겼구나.(我祖舊居後裔尋, 蒼松石壁白雲深. 遺風不盡百

年久, 父老衣冠古亦今)"

여기에서 한 가지 의문이 생긴다. 어린 시절부터 둘도 없는 친구였던 한음 이덕형은 어디에서 살았을까? 그들은 돈독한 우정을 나누며 수많은 장난과 얄개짓 그리고 해학으로 『오성과 한음』이란 청소년의 애독서에 나오는 주인공들인데 그렇다면 둘은 한동네에 살아야 이치에 맞을 것이다. 동화책을 보면 다섯 살이나 많은 한음이 항상 당하는 아둔한 역할로 나온다.

조사를 해 보니 한음은 고향이 경기도 양평으로 중구 봉래동에서 태어났고, 오성은 고향이 경기도 파주로 필운동에서 태어났다고 나온다. 그렇다면 둘이 소년 시절을 보낸 동네는 지리적으로 상당히 떨어져 있는데 이 재미있는 일화들은 그들의 우정이 하도 돈독하니까 전설로 내려오는 야담일 가능성이 높다. 나 혼자 망중한으로 쓰잘데기 없는 생각을 해 본다.

등산로를 따라 1km 남짓 올라가 전망대에서 시내를 감상하다가 오른편 계곡 쪽으로 방향을 틀었다. 수성동(水聲洞) 계곡은 청계천 발원지로 이름난 곳이다. 세종대왕은 안평대군의 수성동 집에 '게으름 없이(匪懈, 비해) 왕(兄)을 섬기라'는 뜻에서 '비해당'이란 당호를 내렸다. 안평대군은 자기 이름처럼 자연과 예술을 즐기는 평온한 삶을 꿈꿨으나 권력 싸움에 희생됐다.

갑자기 수성동 물소리가 들린다. 옥인아파트가 철거되고 계곡 암반이 모습을 드러낸 덕분이다. 겸재 정선(1676~1759)의 수성동 그림이 250년 뒤 계곡 복원 과정에서 구실을 톡톡히 했다. 시멘트에 묻혀 있던 '기린교'도 찾아냈다.

인왕동 물길을 따라 때론 굽고 때론 꺾어진 골목을 걸어 내려오다 시인 윤동주가 1941년 한때 하숙하던 집터를 지나서 다다른 곳이 지난 2월 별세한 한국 동양미술계의 거장 남정(藍丁) 박노수(朴魯壽) 화백의 가옥이다. 이 집은 순종의 비인 해평 윤씨의 삼촌으로 이완용과 더불어 대표적인 친일파인 윤덕영이 1938년 자신의 딸 부부를 위해 지은 집이다.

박 화백이 집과 그림 500점, 수석 369점을 종로구청에 기증하여 일반에 '구립박노수미술관'으로 공개했다. 어마어마한 재산인데 이의 기증에 동의한 가족에게 경의를 표하고 싶다. 박 화백은 2남 4녀를 두었는데 아들은 카이스트 교수와 한국해양연구원에 다닌다고 한다. 이병헌과 결혼한 탤런트 이민정이 박 화백의 외손녀이고, 이민정의 할아버지는 부장판사 출신이라고 한다. 명문가라 할 수 있겠다.

정조 치세기인 1786년, 중인계급에서 글을 직업으로 삼는 훈장, 규장각 서리 등의 지식인들이 '옥계정사(玉溪詩社)'란 모임을 결성한다. 옥계시사를 주도한 인물 천수경이 살던 집 이름이 성석원(松石園)이었고 그들의 주된 모임 장소였다. 사대부는 아니었지만 글을 알았기에 송석원 주인을 비롯한 중인들은 풍광 좋은 이곳에서 시작 활동을 펼쳤다. 모임 이름도 송석원 시사(詩社)로 바뀌었다.

우리는 어느새 윤덕영이 옥류동 물길 위로 닦아놓은 길을 거슬러 올라가고 있었다. 여기서 길 위를 자세히 보면 평평한 부분이 보인다. 윤덕영의 벽수산장이 들어앉았던 곳이다. 벽수산장은 윤덕영의 별장이다. 그는 한일합방의 공로로 일본으로부터 자작 칭호와 함께 막대한 은사금을 받았다. 이 별장은 17,000평의 엄청난 대지에 건평 약 600여

평의 규모로 호화스러운 내부 장식 등으로 인하여 '한양 아방궁(阿房宮)', '조선 아방궁' 또는 '아방궁'이란 별명이 붙었다. 그 근처에 6·25전쟁 당시 피난민의 목을 적셔주던 '가재우물'이 있었는데 지금은 어느 집 보일러실이 돼 있었다.

왕족 다음으로 서촌 주인이 된 사람은 권력자 노론의 서인(西人)들이다. 바로 안동 김씨 경파인 장동 김씨들이다. 병자호란 때 충절과 의리의 상징이 된 김상용, 김상헌 형제를 배출한 가문이다. 청풍계 지역은 김상용과 그 후손이, 장동 지역은 김상헌과 그 후손이 살았다. 장동(壯洞)은 지금 지명에서 사라졌지만 연원을 살피니 창의문(彰義門) 안쪽을 창의동이라 부르다가 발음이 장의동(壯義洞)으로 바뀌고 다시 장동으로 줄었다고 한다. 따라서 오늘날 청운동 일대가 옛 장동(壯洞)이다. 병자호란 때 척화대신 청음 김상헌의 집이 장동이었고 그 후손들이 대대로 살며 조선 말기 60년 세도를 누렸기에 안동 김씨를 장동 김씨(壯洞 金氏)라고도 한다. 청휘각은 김상헌의 손자 김수항이 1680년 영의정이 된 뒤 지은 정자다. 장동 지역의 김수항이 청풍계를 넘어 옥류동까지 그 영역을 확장한 것이다.

오늘의 걷기는 등산일 수도 있고, 과거에의 여행일 수도 있다. 지금은 모두 사라지고 터만 남은 유적이지만 시간의 흔적을 머릿속에서 상상하며 걸었기에 '답사'라 해야겠다. 집에 오는 길에 남인수의 '황성 옛터'가 자꾸 뇌리에 떠돈다. 쓸쓸하다고 할까, 풍광이 빼어나게 수려한 이곳의 문화유산이 온전히 보전됐더라면 600년 역사의 서울이 세계적으로 아름다운 도시로 더욱 빛날 텐데 아쉽기만 하다.

황성 옛터에 밤이 되니 월색만 고요해

폐허에 서린 회포를 말하여 주노라

아 외로운 저 나그네 홀로이 잠 못 이뤄

구슬픈 벌레소리에 말없이 눈물져요


성은 허물어져 빈터인데 방초만 푸르러

'세상이 허무한 것을 말하여 주노라

아 가엾다 이내 몸은 그 무엇 찾으려고

끝없는 꿈의 거리를 헤매어 있노라

# 덕수궁
# 돌담길을 따라

덕수궁이 시끄럽다. 작년 봄 덕수궁 돌담에 진치고 있는 시위대의 천막이 너무 지저분하다고 누가 불을 질러 덕수궁 담장 서까래까지 그을리게 하더니 일 년이 지난 지금도 쌍용자동차 정리해고 노동자 등 사회적 약자들의 시위가 그치지 않는다. 1999년 서울시가 '걷고 싶은 길' 1호로 지정한 덕수궁 앞은 무허가 시위로 '무질서 특별구'가 되었다. 오늘부터는 시청 앞 서울광장에서 야당이 천막을 치고 장외정치투쟁을 한다고 한다.

서울에는 5대 고궁이 있지만 접근이 용이하여 덕수궁만큼 시민들과 외국 관광객의 발길이 잦은 곳도 없을 것이다. 벚나무, 은행나무, 단풍나무 같은 가로수들이 계절 따라 꽃과 신록 그리고 낙엽을 선사한다. 겨울에 눈이라도 내리면 중화전 앞뜰은 서울 도심 한가운데라 믿기지 않을 만큼 고즈넉하다. 사람들은 그 돌담길을 걸으며 저마다의 기억을 더듬어 옛 추억을 회상한다. 어떤 이는 미소를 짓는가 하면, 어떤 이는 떠올리고 싶지 않은 상처에 괴로워한다.

고궁은 서울을 빛내는 보석이다. 시간의 거친 숨결에서 잠시 비껴나 있는 곳이고 유장(悠長)하게 흐르는 역사의 현장이다. 고궁은 5백 년에 걸친 27명의 왕과 그의 수많은 부인들과 자녀 그리고 그 신료들과 말 없는 대화를 할 수 있는 곳, 자연의 법칙과 생성과 소멸의 원리를 체감할 수 있는 곳이다.

500년 역사와 문화가 숨 쉬는 거리, 과거와 현재가 공존하는 정동길, 추억과 사랑과 로맨스가 점멸하는 덕수궁 돌담길 주변에는 수많은 역사가 잠자고 있다. 한말 격동기의 9개국 대사관, 1928년에 지어진 경성재판소, 개신교 최초의 정동제일교회, 당시 신교육을 대표하는 이화학당과 배재학당 등 역사적인 스토리를 가지고 있는 오래된 건물들이 아주 많다.

갑자기 길옥윤 작사 작곡, 혜은이 노래의 '옛 사랑의 돌담길'이 생각난다.

> 덕수궁의 돌담길 옛날의 돌담길
> 너와 나와 처음 만난 아카시아 피던 길
> 정동교의 종소리 은은하게 울리면은
> 가슴이 뭉클해졌어 눈시울이 뜨거웠어
> 아아 지금은 사라진 정다웠던 그 사람이여

이와 같이 덕수궁 돌담길은 연인들의 낭만의 길이었지만, 이 돌담길에 얽힌 징크스도 있었다. '연인들이 덕수궁 돌담길을 걸으면 헤어진다'는 속설인데 이 속설은 돌담길을 걷다 보면 가정법원이 있는데 그곳에는 이혼하기 위해 오는 사람과 이혼하고 나오는 사람들이 많아서 생긴 말이었다. 그러나 가정법원이 서초동으로 이사 간 뒤에는 이런 우스갯소리는 사라지고 이 돌담길은 여전히 연인들에게 뿌리치지 못할 데이트 코스로 남아 있다.

호주머니 사정이 가벼웠던 60~80년대의 청춘 시절, 시청 근방에서 짜장면이나 순두부찌개로 저녁을 때우고 돌담길을 걷다 보면 어느덧 덕수궁에 들어가게 되고 부지불식간에 뒤쪽의 숲 속을 찾아들게 되어 드디어 결혼까지 골인한 친구도 있었다.

덕수궁은 조선 5대 궁궐 중 가장 규모가 작은 것으로, 원래 성종의 형인 월산대군의 집이었는데 선조가 임진왜란 직후 궁궐이 모두 불타 임시 거처로 사용하면서 행궁(行宮)이 되었다. 그 뒤 오랫동안 빈 궁궐로 되었다가 1896년 아관파천으로 왕태후와 왕태자비가 이곳으로 옮겨와 생활하였으며, 1897년 고종이 러시아 영사관에서 이곳으로 거처를 옮기면서 본격적인 궁궐 건물의 건립이 이루어졌다. 원래 이름은 경운궁이었으나 1907년 고종이 순종에게 왕위를 이양하고 이곳에 살면서 순종이 덕수궁으로 이름을 바꾸었다.

나라가 망해 가는 와중에도 1897년 8월 15일 조선이 더 이상 청나라의 속국이 되어서는 안 된다 하여 임금의 칭호를 중국과 같이 황제로 격상하고 국호를 대한제국으로 고치고 연호도 독자적으로 광무라 하였다. 중국의 황제와 일본의 천황과 같은 반열에 올려놓자는 의도였다.

그러나 명칭이 무슨 소용이 있으랴. 500년간 세자를 책봉할 때도 중국의 승인을 받아야 했고 일 년에 두 번씩 조공을 바치는 등 속국의 신세를 면치 못했는데 이런 자주독립 국가를 만방에 선포한 것은 국제 정세상 청나라는 이미 망한 것과 다름이 없었고, 일본은 명성왕후를 살해한 부담으로 이를 방관했기 때문이다. 나라는 누란의 위기에 처해 있는데 고작 왕의 호칭과 국호나 바꾸는 것이 무슨 의미가 있단 말인가.

다른 궁궐의 정문 현판에는 가운데에 '化' 자를 넣었는데, 덕수궁만 대한문이라 하였으나 불과 8년 후에 굴욕적 을사늑약으로 나라를 빼앗기고 만다. 이 을사늑약을 체결한 곳이 '중명전'인데 덕수궁과 그 사이에 미 대사관이 있어 중명전을 덕수궁의 일부라고 보는 사람은 없을 듯하다.

어쨌든 덕수궁은 민족의 격동기에 나라를 빼앗기는 현장을 본 비운의 궁궐이다. 고종은 조선조 27대 왕들 중에서 가장 불행한 왕이라고 할 수 있겠다. 만주의 왕으로 전락한 청나라의 마지막 황제인 푸이 왕처럼 말이다.

덕수궁은 또 하나의 역사적 비극의 현장이 되는데, 이것은 선조에 이어 왕이 된 광해군의 슬픈 얘기다. 광해군은 인조반정이 성공하자 자기가 죽인 영창대군의 어머니인 인목대비가 유폐되어 있던 덕수궁에 끌려와 인목대비 앞에서 무릎을 꿇고 스물 몇 가지 죄상을 고하는 굴욕을 당했다.

이런 굴욕은 약과였다. 인목대비는 어린 아들 영창대군을 죽인 철천지원수 광해군의 목숨을 원했다. "이혼(광해군의 이름)을 죽여라"라고 명했으나 반정 주체세력들은 광해군을 죽이면 저들과 다를 게 없다며 대비의 명을 끝까지 받아들이지 않았다. 인목대비는 끝내 광해군이 죽는 것을 보지 못하고 48세의 나이로 광해군보다 9년 앞서 죽는다. 그렇다면 "여자가 한을 품으면 오뉴월에 서리가 내린다"는 속담도 부질없는 건가 보다.

광해군은 사약을 내리는 대신 강화도로 귀양을 갔는데 그 뒤 제주도에 귀양 가서 18년을 고생하다가 죽었다. 당시 제주도는 먹을 것이 매우 부실했는데 반찬 투정이 심했다 한다. 부인은 강화도에 귀양을 간 지 7개월 만에 자진했는데 광해군은 그 긴 18년에 걸친 치욕을 겪다가 66세에 별세했으니 그 긴긴 세월 동안 무슨 생각을 하며 지냈을까. 다산 정약용은 유배 생활 18년간 수많은 저서를 남겼는데……. 목숨이 그렇게 모진 것일까. 15년이나 왕으로 군림했던 그가 그런 굴욕을 견뎌낸 것은 인간적으로 많은 것을 성찰하게 한다.

고종은 44년을 집권했지만 실권은 집권 기간 대부분 대원군과 명성왕후가 휘둘렀고, 권력의 우산에서 벗어난 것은 12년이었으나 그나마 갑신정변, 동학혁명, 을미사변, 아관파천 등을 거치면서 일본의 손아귀에서 왕다운 왕 노릇은 하지 못하고 항상 노심초사하였다. 1895년 을미사변으로 50여 명의 일본 낭인(浪人, 일종의 벼슬인 사무라이가 못된 자)이 경복궁을 침범하여 명성왕후를 시해한 다음 시체를 불태워 시신 없는 능(陵)으로 장사(葬事)했으니 고종의 심정이 어떠했을까. 이 굴욕도 광해군이 당한 치욕에 못지않았으리라고 짐작된다. 몇몇 대한제국 군인의 협조가 있었다 해도 불과 50여 명의 외국 깡패가 일국의 왕궁을 침범하여 국모를 시해했으니 그것이 어찌 나라라고 할 수 있겠는가. 당시 대한제국의 병력은 6천여 명에 불과했다고 한다.

오호통재라!

# 궁궐보다 더 권세를 떨치던
# 운현궁

　낙원동 허리우드실버극장에서 영화를 보고 지하철을 타려고 안국역으로 올라 가다가 운현궁에 빨려 들어갔다. 운현궁! 홍선대원군! 우리나라의 근대사에 커다란 획을 그린 역사적 주택으로, 궁궐은 아니었으나 궁궐보다 더 큰 위세를 누렸던 집이다. 홍선대원군의 사저로 고종이 출생하고 자란 곳으로 조선시대 5대궁 외에 궁(宮)이란 이름을 붙은 곳은 운현궁과 철종의 잠저인 강화의 용흥궁뿐이다.

　왕세자와 같이 정상 법통이 아닌 다른 방법이나 사정으로 임금으로 추대된 사람이 왕위에 오르기 전에 살던 집을 잠저(潛邸)라고 하고 여기에 궁이란 이름을 붙이는데, 조선시대의 대표적인 잠저로는 태조의 함흥 본궁과 개성 경덕궁, 인조의 저경궁과 어의궁, 영조의 창의궁 등이 있다. 그러나 이러한 궁들은 여러 가지 사정으로 모두 사라졌다.

　망국의 한과 조선의 그늘진 잔영이 깃든 곳, 파락호 행세를 하면서 호구지책으로 권문세가에 난을 쳐 세찬을 마련하였던 곤궁한 왕족 이하응! 권모술수의 대가이며 권력에 대한 끝없는 야망, 이래서 굴욕, 무소불위의 권력, 며느리와의 대암투 끝에 다시 맞이하는 굴욕, 3일에 그친 권력의 탈환, 멀리 청나라에 압송되어 돼지나 키우던 노후, 다시 막후

정치 실세로의 역할 등 권력과 굴욕을 거듭하던 그의 일생은 김동인의 소설 『운현궁의 봄』을 통하여 널리 알려져 있다.

한때 궁궐에 견줄 만큼 웅장했던 운현궁은 일제강점기를 거치면서 그 규모가 크게 줄어들어 이재면을 이용하기 위해 일제가 지어 그의 주거지로 제공한 양관(洋館)은 덕성여대에 매각되고 일본문화원, 중앙문화센터 그리고 운현초등학교까지 포함되어 있으니 그 규모가 얼마나 컸는지 어림잡아 짐작이 간다.

고종은 후사가 없던 철종의 뒤를 이어 조선의 26대 왕이 되는데 그때 나이가 12세였다. 어린 고종을 대신해 흥선대원군이 조선을 다스리게 되니 이 집의 위세는 하늘을 찌를 만했다고 한다. 고종이 즉위하면서 '궁'이라는 이름을 받은 이곳은 점점 그 규모를 늘려 가는데 담장의 둘레만도 수 리에 달했다고 하며, 고종이 머물던 창덕궁과의 왕래를 쉬이 하기 위해 운현궁과 이어지는 흥선대원군의 전용 문을 만들었다고 하니 그 규모와 위세를 짐작할 수 있겠다.

입구로 들어서면 이 집을 지키던 사람들이 머물던 수직사(守直舍)가 오른편에 있고 그곳을 지나면 노안당(老安堂)이다. 노안당은 사랑채로, 대원군이 머물렀던 곳이다. 지금껏 잘 보존되어 있어 조선 후기 양반가의 모습을 볼 수 있다. 노안당 편액은 추사 김정희의 글자를 집자(集子)해서 만들었다 하며, 처마를 이중으로 두르고 있는 보첨도 이 건물의 볼거리이다. 옆으로 이어지는 노락당(老樂堂)은 운현궁의 중심이라 할 수 있는데 고종이 명성황후 민씨와 가례를 올린 곳이 바로 여기다.

안으로 더 들어가면 안채로 쓰였던 이로당(二老堂)이 있는데, 대원군의 부인인 부대부인 민씨가 살림을 하던 곳이다. 밖에서 보면 사방이 개방

되어 있는 듯 보이나 계단을 올라 안을 들여다보면 그렇지 않음을 알게 된다. 가운데 중정이라는 'ㅁ' 자형의 작은 마당이 마루로 둘러싸여 있는데 안채가 가지는 성격에 따른 폐쇄적인 특성을 반영하는 구조라 할 수 있겠다.

이로당을 나서면 앞으로 작은 기념관이 있어 홍선대원군이 주장했던 쇄국정책을 알리는 척화비와 고종과 명성황후의 가례 등을 모형으로 볼 수 있다. 운현궁 북쪽에 있는 '영안당'은 이재면의 주치의였던 내과 의사에게 헐값으로 매각했는데 그 터에서 국내 최대 로펌(법률사무소)의 대표 변호사와 그의 동생인 세계적인 바이올리니스트를 배출했으니 과연 명당 중 명당인가 보다. 더구나 도저히 왕이 될 수 없는 서열의 고종이 임금이 되었으니 말이다.

이 운현궁은 고종이 탄생하여 즉위하기 전 12살까지 연을 날리며 살았던 잠저로 조선시대 일반 왕가의 주택에 불과했는데, 고종이 왕위에 오르면서 인근 주택을 이전시켜 담장만 수 리에 달할 만큼 그 영역을 크게 넓히고 건물을 당시 기술로는 최고급으로 지어 홍선대원군이 10년간 집정하면서 정치를 하던 곳으로 어쨌든 오늘날 문화재를 남겼다.


蛇足: 위쪽으로 좌측 방에 사설 보디가드와 첩보원의 원조 격인 천희연, 하정일, 장순규, 안필주 등 소위 〈천하장안〉의 마네킹이 있는데, 이를 보니 그들이 설치고 다녔을 당시가 떠올라 실소를 금할 수 없었다.

# 역사가 흐르는
# 청계천 이야기

집사람과 허리우드실버극장에서 흘러간 영화를 보고 종편채널A '이영돈 PD의 먹거리 X파일'에서 '착한식당'으로 선정한 낙원동 지하상가 1층에 있는 '일미식당'에서 때늦은 점심을 먹었다. 주변이 좀 지저분하기는 하지만 이 식당은 손님 테이블이 다섯 개에 불과한 작은 식당으로 전기밥솥을 여러 개 사용하며 금방 만든 밥을 주는데 청국장과 해물찌개가 일미다. 허리우드실버극장은 입장료가 2,000원인데 흘러간 명화를 볼 수 있어 연애 시절 옛 추억을 더듬는 데는 제격이고, 부부간의 대화에 촉매제가 된다. 얼마 전 명보극장에도 실버극장이 생겼는데 여기도 입장료가 2,000원이다.

폭우에 물에 잠겼던 청계천을 깔끔하게 물청소하였다기에 오랜만에 청계천 산책을 하기로 하였다. 아직도 장마가 그치지 않았지만 오늘은 하늘이 청명하고 태양은 뜨거워 모자를 준비하지 못한 나는 소갈머리 없는 대머리로 따가운 햇살을 받아 내느라 고생 좀 했다.

청계천의 상류는 자하문 터널 근처에서 시작되어 세종로사거리 근처까지 흐르는 백운동천이다. 여기에 북악산, 인왕산, 남산 등으로 둘러싸인 서울 분지의 모든 물이 모여 동쪽으로 흐르다가 왕십리 밖 살곶이

다리(箭串橋) 근처에서 중랑천과 합쳐 서쪽으로 흐름을 바꾸어 한강으로 빠진다. 본래의 명칭은 '개천(開川)'이었는데 일제강점기 때 청계천(淸溪川)으로 부르게 되었다.

조선의 한양정도(漢陽定都) 당시 청계천은 자연 하천 그대로여서 홍수가 나면 민가가 침수되는 물난리를 일으켰고 평시에는 오수가 괴어 매우 불결하였는데, 제3대 태종이 개거공사(開渠工事)를 벌여 처음으로 치수사업을 시작하였다. 그 후 영조 때에는 준설·양안석축(兩岸石築)·유로 변경 등 본격적인 개천사업을 시행하였다. 이 공사로 내의 흐름이 비로소 직선화되었다.

산책은 복원된 청계천 입구인 광화문 동아일보사 옆에서부터 시작했다. 우리를 맞이하는 것은 스웨덴 출신의 미국 팝아티스트 올덴버그가 설계한 20m에 달하는 달팽이 모양의 '스프링'이었다. 스프링은 끝이 뾰족하게 솟은 나선형의 모양으로 다슬기 또는 소라가 연상되었다. 500년 역사가 깃든 청계천에 웬 생뚱맞은 초현대적인 조형물인가 했으나 올덴버그는 "한국을 상징하는 파랑색과 빨간색 그리고 도자기를 상징하는 노란색을 아울러 우주와의 조화를 표현했다"고 한다.

광교에 위치한 청계광장에서 시작해 정릉천이 합류되는 고산자교까지 약 5.8㎞에 이르는 구간 내에는 꼭 둘러봐야 할 '청계팔경'이 있다. 제1경은 분수대와 야외 공연장이 있는 청계광장으로 청계천 산책로의 시작점이 되고 제2경은 광통교(줄여서 광교라 부른다)로 태조 이성계의 비(妃), 신덕왕후의 묘지석을 거꾸로 쌓아 만든 다리다.

광통교는 씁쓸한 사연이 있는데, 태종 이방원은 제1차 왕자의 난 때 죽인 방석(당시 세자로 이복동생)의 어머니 신덕왕후를 지극히 미워하여 신덕왕후능의 석물을 광통교의 석축으로 거꾸로 세워 사용했다. 그것도 모자라 정월 대보름날에는 한양의 많은 사람들에게 한 해의 액운을 없게 해 준다며 다리밟기 놀이를 하게 했다.

정조의 화성 행궁 모습을 그린 단원 김홍도의 그림을 도자벽화로 재현한 정조 반차도가 제3경, 패션분수와 벽화작품을 볼 수 있는 패션광장이 제4경, 옛날 아낙네들이 빨래하던 자리를 꾸며 놓은 청계천 빨래터가 제5경이다. 서울 시민 2만 명이 직접 쓰고 그린 타일로 꾸며 놓은 소망의 벽이 제6경, 철거된 청계고가도로의 교각 세 개를 기념으로 남겨 놓은 존치교각과 터널 분수가 제7경이다. 청계천 복원 구간 제일 끝의 버들습지가 제8경으로 수생식물을 심어 놓은 자연생태 공간이다.

청계천에는 22개의 다리가 있는데, 과일가게가 모여있던 모전교, 조선조 도성안의 중심 통로로 가장 많은 사람들이 왕래하던 광통교, 개천의 수위를 측정하기 위해 수표석을 세운 수표교, 배오개다리, 새벽다리, 마전교, 오간수문 위로 통행을 편하게 하기 위해 가설한 오간수교, 맑은내다리, 황학교, 세종 때 청백리 유관이 살았던 비우당교, 무학교, 두물다리, 고산자교 등 많은 다리가 북촌과 남촌을 연결하고 있었다.

조금 더 가니 1725년 남다른 효자로 알려진 정조가 어머니 혜경궁 홍씨의 회갑을 맞이하여, 비운으로 숨진 아버지 사도세자의 묘인 현륭원이 있는 화성으로 행차하는 모습을 단원 김홍도 등 여러 화원들이 그린 〈화성능원반차도〉를 4,960매의 타일을 이어 붙혀 재현한 총 길이 186m, 높이 2.4m의 벽화는 장엄하면서 웅장한 위용을 뿜어내고 있었다.

임금과 왕실 가족, 문무백관과 호위병사, 나인, 음악과 춤으로 흥을 돋우는 궁녀, 예악과 취악대 등 1779명의 사람과 779필의 말이 정확하고 치밀하면서도 아름답게 그려져 있었다. 그러나 실제는 6,000여 명이 동원되었다 하니 그 규모가 얼마나 위풍당당하고 화려했을까. 이 반차도에는 벼슬 명칭이 부기되어 있는데 총리대신이라는 직함이 있어 좀 생소했다.

이 능차도는 청계천을 찾는 외국인들에게 한국은 유럽 못지않은 유구한 역사를 가진 문명국가임을 각인시키는 데 큰 몫을 하리라 믿는다. TV를 통해서 본 영국 윌리엄 왕자의 결혼 행차도 이만큼 화려하고 장엄하지는 않았다.

인구 천만 명에 이르는 대도시 한복판에 역사 이야기가 흐르고, 팔뚝만 한 잉어 떼가 뛰놀며 각가지 야생화와 개천에 자생하는 수양버드나무 그리고 이팝나무 등 한국 고유의 식물들이 자라고 있는 도시가 또 있을까. 문득 '아름다운 서울에서~'라는 가요가 생각이 난다. 정수라가 이 노래를 불렀던 1970년대의 서울은 결코 아름답지 못했다.

청계천이야말로 한국의 근대화 과정을 생생하게 대변하는 역사의 현장이라 하겠다. 이름 그대로 맑은 물이 흐르고 목가적인 빨래터가 있던 청계천이 고종 때 인구 25만 명의 한양이 일제강점기 시절 인구가 점점 늘어나 도심인 청계천에 초라한 판잣집이 서서히 형성되어 인구 100만 명에 이른 한국전쟁 휴전 후에는 수상건물의 형태를 이룬 무허가상가, 염색공장, 주점, 음식점 등이 우후죽순으로 난립하여 생활하수로 오염될 대로 오염되어 악취가 진동하는 시궁창으로 전락하였다.

그러나 이제는 서울 한복판에 시원한 물줄기가 흐르는 시민들의 쉼

터로 없어서는 안 될 유명한 명소로 자리매김을 하였다. 그야말로 면모 일신한 것이다. 해마다 봄과 겨울에 색다르게 등불축제와 빛축제가 펼쳐져 청계천을 더 아름답게 하고 수상패션쇼도 열려 한국의 다양한 전통문화를 알리고 있다.

도시 미관의 정비로 1961년에 복개되고 1970년에는 교통 체증의 완화 책으로 흉물스런 고가도로가 설치되어, 미군 차량은 붕괴될 위험이 있 다 하여 통행금지령이 내렸던 청계천이 2003년 7월 1일부터 2005년 9월 30일에 걸친 공사로 고가도로를 철거하고 복개를 걷어내어 오늘에 이르 렀다. 노동운동의 발화점이 된 전태일의 동상 그리고 서울이 세계 6대 패션도시로 도약하게 되는 데 큰 역할을 하고 있는 평화시장이 보인다. 전태일이 열악한 환경과 저임금으로 일했던 이 시장의 근로자는 이제 합당한 대우를 받고 있는지……

청계천으로 내려오면, 즐비하게 늘어서 있는 공구상들은 보이지 않고 도시 미관을 자랑하는 초고층 빌딩들이 스카이라인을 이루고 있어 서 울이 아름다운 현대도시임을 말해 주고 있다. 고가도로를 타고 갈 때 보이던 슬럼화된 아파트들도 대부분 철거되었다.